KB232810

서문문고
168

좁은 문

앙드레 지드 지음
조 규 철 옮김

해 설

조 규 철

앙드레 지드(1869~1951)는 프루스트, 발레리, 클로델과 더불어 20세기 초기 프랑스의 안정된 번영기에 풍부한 교양을 쌓은, 이른바 좋은 시대의 뛰어난 지성의 소유자였으며 20세기 문학의 주역이었다. 지드는 소설, 시, 희곡, 평론, 수필 등 모든 문학 장르에 걸쳐 많은 걸작을 남겼으며, 현대 프랑스 문학사에서 중요한 위치를 차지하고 있다. 소설도 12편이나 되며 우리 나라에도 대부분 소개되었다.

지드는 프루스트와 함께 인생을 탐구한 2대 소설가이다. 그는 누구보다도 진지하게 현대 지성의 고민과 문제점을 다양하게 묘사했으며 인간의 내면 세계를 추구했다. 이러한 그의 소설은 당대의 프랑스 젊은이들뿐만 아니라 전세계의 각계 각층에 많은 독자들을 확보하고 있다. 마침내 그는 1947년에 노벨 문학상의 영광을 차지하게 되었다.

앙드레 지드는 1869년 11월 22일 파리에서 출생했다. 그의 부친은 남불 위제 출신으로 파리대학교 법과 대학 교수였으며 가톨릭 신자였다. 반면 어머니는 북불 루앙 출신으로 프로테스탄트였다. 대조적인 친가와 외가의 영향이 내면 세계의 조화를 이루게 하였으며 많은 작품을 만들게 했다고 그는 자서전에서 밝히고 있다. 그는 11세에 아버지를 잃었으나 좋은 집안의 아들로서 부유하게 자랐다. 그는 어머니, 백모와 가정교사, 세 여성 밑에서 엄격한 가정 교육을 받았다.

1877년에 지드는 프로테스탄트 집안의 엄격한 가정 교육을 벗어나 알사스 학원에 들어갔다. 그는 종교 교육과는 너무나 동떨어진 현실을 직면하고, 다시 종교적인 이상과 문학에 대한 동경심을 갖게 된다. 그는 외부 사회보다 자신의 내면 세계를 파고들었다. 그의 문학적 감수성은 이때부터 개발되기 시작했다.

1887년에 알사스 학원의 수사반(修辭班)에 입학하여 같은 반 학생인 천재적인 시인 피에르 루이스를 알게 되었다. 문학에 대한 취미는 루이스에 의하여 열리게 되었다. 루이스와 함께 그는 말라르메의 문하생이 되어 발레리, 클로델 등 많은 상징주의 시인들과 문인들을 알게 되었다. 이때부터 그는 창작 의욕이 생겨 사촌 누나에 대한 사랑을 중심으로 회의와 고뇌를 담은 그의 처녀작인 ≪앙드레 왈테르의 수기≫를 1891년에 익명으로 발표했다. 이는 젊은이의 북받치는 사랑에도 불구하고 자제와 금욕의 생활을 통해 순수한 정신세계 속에서 종교적인 이상을 추구하며 투쟁하는 젊은이의 영혼을 기록하였다.

또한 말라르메의 영향을 받아 상징주의 미학을 추구한 《나르시스론》을 써서 1891년에 자비로 출판했다. 1892년에 《앙드레 왈테르의 시》를 발표했고, 1893년에 《위리엥의 여행》과 《사랑의 시도》를 발표했다.

1893~95년, 지드는 폐병 요양차 아프리카로 여행을 떠났다. 강렬한 태양 아래서 문명의 해독을 입지 않고 미개 생활을 하는 아프리카 토인 생활과 황홀한 자연 환경에 매혹을 느꼈다. 그는 그 동안 자기가 그렇게도 애착을 느끼던 기독교적 덕행(德行)이 이 이교도(異敎徒)들 세계에서는 휴지 조각에 불과하다는 것을 느꼈다. 그는 아프리카 요양 여행을 통해 많은 체험을 하고 귀국하여, 새로운 도덕관을 모색하면서 쓴 풍자극인 《소티》와 《팔뤼스》를 1895년에 출간했다. 그해 모친상을 당하고 곧이어 사촌인 마들렌과 결혼했다.

1897년에 발표된 《지상의 양식》도 아프리카 여행의 선물이었다. 지드는 이 작품에서 아프리카의 태양과 자연을 찬미하고, 자신의 재생을 찬미하였다. 생의 의의를 발견하고 기성 세대의 도덕과 질서에 대한 도전을 시도했다. 이 작품은 확실히 불멸의 명작임에도 불구하고 당시 아무런 반응을 보이지 않았다. 그러나 그는 계속 오랫동안 작품 창작에 몰두하여 1902년에 ≪배덕자≫를 발표했다. 이 작품에서는 ≪지상의 양식≫과는 반대로 욕망의 한없는 추구에서 오는 영혼의 타락과 파멸을 그렸다. 이 작품 역시 당시에는 별반응을 얻지 못했으나, 제1차 세계대전 후 ≪지상의 양식≫과 함께 비로소 각광을 받게 되었다.

그리고 1907년에는 ≪탕아의 귀향≫을 발간했다. 또한 1909년에는 다른 동료 몇 사람과 함께 자신이 총책임을 지고 〈신 프랑스 평론(N.R.F.)〉지를 발간하였는데 이 평론지는 프랑스 문예지로서 중요한 위치를 차지하게 되었다. 그해 지드는 ≪좁은 문≫을 〈신 프랑스 평론〉지에 게재하여 일약 명성을 떨치게 되었다. 그후 1914년에 발표된 ≪교황청의 지하도≫에서는 절대 진리의 상징이며 하나님의 대행자인 교황의 존재를 우스꽝스럽게 취급하고, 무상행위(無償行爲)에 대한 새로운 시도를 함으로써, 지드에게 명성과 오명(汚名)을 동시에 안겨 주었다.

≪교황청의 지하도≫로써 가톨릭 사회를 뒤흔들어 놓은 후 지드는 한동안 침묵을 지키다가 제1차 세계대전을 겪고 난 후 1919년 ≪전원교향악≫을 발표했다. 이

작품을 발표한 후부터 가정적인 파탄과 벨기에 여성인 엘리자베스와의 스캔들에도 불구하고 전후 젊은이들의 정신적인 우상으로서, 문단의 제1인자로서의 지위는 확고히 유지하고 있었다.

1926년에 ≪사전꾼들≫을 발표한 후 모든 재산과 장서를 매각하고 콩고로 여행을 떠났다. 그는 콩고에서 원주민들의 비참한 생활을 보고 식민지 정책의 폐단을 절실히 느꼈다. 통치자와 피통치자, 권력자와 피압박자의 모습을 실제로 목격하고, 내성적인 경향에서 사회 혁명 투사로서 활약하기 시작했다. 혁명가들 및 공산주의자들과 자주 접촉했지만 끝내 공산당에 가담하지는 않았다.

1929년에 항상 젊은 호기심에 불타던 지드는 ≪부인의 학교≫를 발표하여 남성의 위선을 적나라하게 폭로했다. 1936년에는 소련으로 여행을 떠났는데, 그해 발표한 ≪소련 기행≫에서 공산주의의 인간 자유의 억압과 소련의 획일주의를 신랄히 비난하고 공산주의의 내막을 폭로했다. 또한 그해에 그의 마지막 소설 ≪로베르≫와 ≪쥐느비에브≫를 발표하였다. 그후 그는 인생을 사색하면서 튀니지와 알제리아 등을 여행하고 조용한 노년기를 보냈다.

1946년에 발표한 ≪테제(Thesee)≫와 ≪가상회견기≫는 문학적 유언서였다. 그밖에 평론으로서 ≪도스토예프스키론≫(1923년)과 ≪몽테뉴론≫(1929년)과 ≪가을의 단상≫(1949년)이 있다. 1947년에는 노벨 문학상을 받고 옥스퍼드 대학에서 명예 박사 학위를 수여받았다. 4년 후인 1951년 2월 19일 파리에서 조용히 임종했다. 그는 노르망디 지방에 있는 퀴베르빌의 묘지에 안장되었다.

위에서 고찰한 바와 같이 지드는 19세기 말 상징주의가 대두할 때부터 작품 활동을 시작하여 20세기 전반의 약 60년 동안 광범한 문학 활동을 전개했다. 그동안 프랑스 문단의 많은 문학 유파들을 겪으면서도 어느 것에도 가담하지 않은 채 독보적인 위치를 확고히 지켜왔다. 그는 부단히 자신의 내면 세계를 탐구하면서 인간 존중과 휴머니즘의 지위를 확고히 하였다. 그는 자기 나름대로의 신을 인정하면서 교회와는 거리를 둔 채, 인간의 윤리와 미학 문제를 고찰한 최초의 현대 작가 중 한 사람이다.

지드의 소설은 레시(récit)와 소티(sotie)와 로망(roman)으로 분류된다. 초기 작품들의 대부분은 레시에 속한다. 주인공이 자신의 이야기를 독백이나 일기 등을 통해서 나열하는 1인칭 소설이다. 레시는 대부분 분량이 적고 간결하며 내면적인 드라마를 소재로 삼았다.

따라서 항상 예리한 감정 분석을 동반하고 심리소설 계열에 속한다. 이 부류에 속하는 작품으로는 ≪배덕자≫, ≪좁은 문≫, ≪이자벨≫, ≪전원 교향악≫, ≪부인의 학교≫, ≪로베르≫, ≪쥐느비에브≫, ≪테제≫ 등이 있다.

또한 소티는 익살스러운 여러 인물들이 등장하여 우스꽝스러운 사건들을 엮어 나가는 풍자 소설이다. 지드는 이 형식을 빌려 경쾌하고 익살맞게 인생의 여러 가지 측면을 상징적으로 묘사했다. 이 계열에 속하는 작품은 ≪팔뤼드≫, ≪쇠사슬에서 벗어난 프로메테≫, ≪교황청의 지하도≫ 등이다. ≪교황청의 지하도≫에 와서는 새로운 소설적인 요소를 지니게 되었다.

그리고 로망(roman)은 예술성이 짙은 순수 소설이라고 볼 수 있다. ≪사전꾼들≫이 이 계열에 속한다. 지드는 프랑스의 로망의 개념을 새롭게 했다. ≪교황청의 지하도≫와 ≪사전꾼들≫, 이 두 소설은 그 방법론을 구체화시킨 것이며, 프루스트 작품과 함께 현대 프랑스 소설의 새로운 전기를 이룬 작품이다.

≪좁은 문≫은 사촌 남매인 제롬과 알리사의 플라토닉한 사랑을 제롬의 독백과 내왕 편지, 알리사의 일기로 구성한 작품으로, 가장 광범한 독자층을 획득한 지드의 성공작이다. 이 작품의 착상은 1891년에 한 것이며, 1907년에 네 번이나 추고하여 1909년에 발표한

것이다. 하나님에게 나아가려는 덕행(德行)을 추구하면서 순전히 정신적인 사랑의 사연을 엮은 이 소설 속에는 저자의 냉혹한 비판이 담겨 있다.

《좁은 문》은 《배덕자》와 좋은 대조를 이루고 있다. 《배덕자》의 주인공 미셸은 사회 인습과 도덕의 속박으로부터 탈출하려다가 실패하고 말지만, 《좁은 문》의 알리사는 인간의 욕망을 희생시키는 하나님의 덕행을 추구하려다가 사랑도 인생도 모든 것을 상실하고 만다. 알리사를 너무나 순수 이상자로 취급하여 약간 지나친 점이 없지 않으나 죽을 때까지 자기 희생을 감수하는 청교도적인 영웅의 모습을 처절하게 묘사했다. 지드는 이 두 작품에서 자기의 내적인 투쟁을 잘 나타내고 있다. 그는 프로테스탄트의 교리를 착실히 지키고 싶은 의욕과 인간의 자연스러운 욕정을 누리고 싶은 욕망 사이에서 갈등을 느꼈다. 지드는 자기가 가지고 있는 이원성을 두 작품 속에서 극단적으로 묘사했다.

프로테스탄트 신자인 제롬과 알리사는 어려서부터 서로 사랑했다. 그들의 결혼을 방해하는 것은 청교도적인 금욕주의 이외에는 아무것도 없었다. 두 사람은 진심으로 열렬히 사랑했지만, 천국에 이르는 좁은 길을 택하기로 결심한 나머지 끝내 결혼을 단념하고 만다. 그러나 알리사가 제롬을 사랑하는 열정은 더욱 더 깊어 가

서 하나님에 대한 사랑도 제롬의 사랑 없이는 무의미한
것임을 절감한다. 그래서 제롬을 잊기 위하여 제롬의
추억이 담긴 모든 물건을 정리하려고 하지만 허사였다.
천상의 길과 지상의 길 사이에 일대 투쟁이 전개된다.
이 투쟁에 지쳐 마침내 알리사는 임종하고 만다.

이 작품은 지드의 인도주의와 청교도적인 이상주의
사이의 내적 갈등을 묘사한 것이다. 인간적인 행복을
너무 극단적으로 희생시킴으로써 종교적인 교리를 일반
독자에게 왜곡시킬 염려는 있지만, 인간의 욕망을 희생
시키면서 하나님을 섬겨야 하는 청교도 교리에 대한 지
드 자신의 불만이 깔려 있다. 서로 사랑하면서도 점점
멀어져 가는 두 연인의 심리를 생생하게 묘사한 이 작
품은 심리 소설의 걸작으로 꼽히고 있다.

좁은 문

좁은 문으로 들어가도록 힘을 다하라.

— 누가복음 13장 24절

I

  다른 사람들 같으면 이것으로 한 권의 책을 쓸 수도 있었을 것이다. 그러나 내가 여기서 하려는 이야기는 실제로 체험하는 데 나의 전력을 기울였고 나의 정력이 거기에 다 소모되었다. 그래서 나는 다만 나의 기억들만을 적어 보겠다. 설사 그 기억들이 군데군데 조각이 나 있어도 그것을 깁거나 잇기 위해 일부러 꾸며대는 수단을 사용하지는 않을 것이다. 그렇게 꾸미려고 들인 노력은, 기억들만을 말하며 찾으려던 나의 마지막 기쁨마저 방해하고 말 것이다.

  아버지를 여의었을 때 나는 열두 살도 채 못 되었다. 어머니는 아버지께서 의사로 계셨던 르 아브르에는 더 이상 자기를 붙들어 둘 아무런 이유도 없고, 나의 학업도 파리에서라면 훨씬 더 잘 마칠 수 있으리라고 생각하고 파리로 와서 살기로 결심하셨다. 어머니는 뤽상부르 공원 근처에 조그만 아파트를 얻으셨고 미스 애쉬버튼이 우리와 같이 살게 되었다. 가족이 없는 미스 플로라 애쉬버튼은 처음에는 어머니의 가정교사였으나 나중에는 말벗이 되고 곧 친구가 되었다. 나는 언제나 다정하고 슬픈 표정을 하고 있는 이 두 여성 곁에서 살았다. 그런데 나는 그분들은 상복만 입고 있던 것으로밖에는 다른 생각이 나지 않는다.

어느 날, 아버지가 돌아가신 후 오래된 일이라고 생각되지만, 어머니는 아침에 쓰시는 헝겊 모자의 검은 리본을 붉은 빛 리본으로 바꾼 적이 있었다.

"오, 엄마! 이 빛깔은 엄마에게 어울리지 않아요!" 하고 나는 소리쳤다. 그 이튿날 어머니는 검은 리본으로 다시 바꾸셨다.

나는 건강이 나빴다. 나의 피로를 미리 걱정하시는 어머니와 미스 애쉬버튼의 정성이 나를 게으름뱅이로 만들지 않았던 것은 그때 내가 정말로 공부에 취미를 붙였기 때문이다. 화창한 초여름이 되자마자 이 두 분은 나를 위해 이 도시를 떠날 때라고 생각하셨다. 그분들은 여기서는 내 얼굴이 창백해질 것이라고 생각하셨기 때문이다. 그래서 6월 중순경에 우리는 르 아브르 근처에 있는 퐁괴즈마르로 향해 떠났다. 그곳은 뷔콜랭 외삼촌이 해마다 여름이면 우리를 초대하던 곳이다.

노르망디 지방의 다른 정원과 별로 특별한 것이라고는 아무것도 없는, 그다지 크지도 아름답지도 않은 정원에 뷔콜렝네 하얀 3층집이 있다. 그 집은 흔히 볼 수 있는 18세기의 시골 별장과 비슷하다. 그 집은 동쪽 정원을 향해 스무 개 가량의 커다란 창문이 나 있고 그 뒤편에도 그만큼의 창이 있는데 양쪽에는 창이 없다. 그 창문에는 작은 유리창이 끼여 있다. 그 중 몇 장은 최근에 갈아 끼워서 그 주위에 빛 바랜 녹색으로 보이는 낡은 유리창 틈에서 너무 환해 보인다. 또 어떤 것들은 어른들이 '거품'이라고 부르는 흠집이 있어 우리가 그 사이로 보는 나무는 이상하게 보이고 그 앞을 지나는 우체부의 얼굴에는 난데없이 혹이 달린다.

장방형의 정원은 담으로 둘러싸여 있다. 정원은 집 앞에 꽤 널따란 그늘진 잔디밭을 이루고 모래와 자갈이 깔린 오솔길이 그 주위를 돌고 있다. 이쪽 편은 담이 낮아서 이 정원을 둘러싸고 있으며, 이 고장식대로 너도밤나무가 늘어서 있는 길이 경계를 이루는 농가의 앞마당이 환히 내다보인다. 집 뒤쪽에는 서쪽으로 정원이 한결 널따랗게 들어서 있다. 꽃이 한창인 오솔길은 남쪽에 있는 과수장 앞에 포르투갈산 계수나무의 두터운 장막과 나무 몇 그루가 바닷바람을 막고 있다. 다른 오솔길은 북쪽 담을 따라 나뭇가지들 아래 뻗어 있어 보이지 않는다. 나의 사촌 누이들은 이 오솔길을 '컴컴한 길'이라 불렀는데 저녁놀이 지고 나면 좀처럼 그곳에 가려고 하지 않았다. 이 두 오솔길은 채소밭으로 통하는데 그 채소밭은 층계를 몇 단 내려가서 정원 아래쪽에 있다. 또 이 채소밭 한가운데 조그만 샛문이 뚫린 담의 다른 편에는 너도밤나무가 늘어선 길이 좌우로 그곳까지 통하는 벌채림이 보인다. 서쪽 현관 층계에서는, 이 숲 너머로 언덕이 보이고 그 언덕을 뒤덮고 있는 탐스러운 농장 수확물들을 바라볼 수 있다. 지평선에는 그리 멀지 않은 곳에 작은 마을의 교회가 보이고 저녁녘 바람이 없을 때에는 몇몇 집에서 올라오는 연기를 볼 수 있다.

맑게 갠 여름날 저녁이면 우리는 저녁을 먹고 나서 '아래 정원'으로 내려가곤 했다. 우리는 이 작은 샛문으로 나서서 이 지방이 조금 내려다보이는 너도밤나무 가로의 벤치를 찾아가는 것이었다. 거기 버려진 이회암갱(泥灰岩坑)의 초가 지붕 근처에 있는 벤치에 외삼촌과 어머니, 그리고 미스 애쉬버튼이 앉았다. 우리 앞에 보이는 저 작은 계곡에는 안개가 끼고 하늘은 저 멀리 있는 숲 위에서 금빛으로 물들었다. 그 후에도 우리는 벌써 어둑어둑해진 정원 한가운데서 늦도록 시간을 보내곤 하였다. 이윽고 우리는 다시 집에 들어왔다. 거의 우리와 함께 나가는 일이 없는 외숙모를 응접실에서 다시 만나게 되었다. 우리 아이들에게는 이것으로써 저녁놀이 시간이 끝났다. 그러나 우리는 각자 자기 방에서 훨씬 나중에 올라오시는 어른들의 발소리를 들을 때까지 무엇인가 독서하고 있었다.

정원에서 보내지 않는 하루의 거의 모든 시간을 우리는 책상이 놓여 있는 외삼촌의 서재인 '공부방'에서 보냈다. 나의 사촌 로베르와 나는 나란히 앉았고 우리 뒤에는 줄리에트와 알리사가 앉아 공부하였다. 알리사는 나보다 두 살 위였고 줄리에트는 한 살 아래였고 로베르는 우리 넷 중 가장 어렸다.

여기에 내가 쓰려고 하는 것은 나의 최초의 기억들이 아니라 이 이야기와 관련된 부분뿐이다. 이야기가 시작되었다고 내가 말할 수 있는 것은 사실상 나의 아버지가 돌아가신 그 해부터이다. 아마도 나 자신의 슬픔 때문이 아니라면, 적어도 어머니의 슬픈 모습에 무척 자극을 받은 나의 감수성이 나에게 새로운 감정을 일으켰으리라. 말하자면 나는 퍽 조숙했다. 그 해 우리가 퐁괴즈마르에 다시 갔을 때 줄리에트와 로베르는 더욱 어려 보였으나 알리사를 보자 우리 둘은 이미 어린애가 아님을 불현듯 깨달았다.

그렇다. 바로 나의 아버지가 돌아가신 그 해였다. 나의 기억을 확인해 준 것은 바로 우리가 도착한 지 얼마 안 되어 어머니와 미스 애쉬버튼이 서로 주고받은 대화다. 나는 무심코 어머니가 친구와 함께 이야기를 나누시는 방 안에 들어가게 되었다. 외숙모에 관한 이야기였다. 외숙모가 상복을 입지 않았다고, 아니면 상복을 벌써 벗어 버렸다고 화를 내고 계셨다(솔직히 말해서 내게는 어머니가 밝은 색 옷을 입는 것만큼 뷔콜렝 외숙모가 상복을 입는 것을 상상하기란 도저히 불가능했다). 우리가 도착한 날의 기억으로는 뤼실 뷔콜렝은 모슬린 옷을 입고 있었다. 여느 때와 마찬가지로 타협적인 미스 애쉬버튼이 어머니를 애써 달래며 조심스럽게 설명했다.

"결국 흰옷 역시 상복이잖아요."

"그럼 그녀가 어깨 위에 걸친 빨간 숄도 상복이라 말하겠군? 플로라, 약 좀 올리지 말아요!" 하고 어머니가 소리쳤다.

내가 외숙모를 만나는 것은 방학 때뿐이었다. 그래서 아마도 내 눈에 항상 익숙해져 버린 시원하게 넓게 파인 네크라인의 옷차림은 여름의 더위 때문일 것이다. 그러나 외숙모가 어깨 위에 걸친 숄의 타는 듯이 붉은 빛깔보다는 오히려 어깨와 가슴을 드러낸 것이 어머니의 빈축을 사게 된 셈이다.

뤼실 뷔콜렝은 무척 아름다웠다. 내가 간직하고 있는 외숙모의 작은 초상화는 그 당시의 모습을 보여 주고 있는데 자기 큰딸로나 여겨질 만큼, 그토록 젊은 모습이다. 언제나 그렇듯이 머리를 왼손으로 받치고 새끼손가락을 입술가로 일부러 구부린 포즈로 비스듬히 앉아 있다. 올이 굵은 헤어네트가 목덜미로 반쯤 흘러내린 곱슬머리채를 묶고 있었다. 목이 깊이 파인 옷을 입고 앞가슴에는 검은 비로드의 느슨한 목걸이에 이탈리아식 모자이크를 한 펜던트가 달려 있다. 굵은 매듭으로 된 헐렁한 검은 비로드 허리띠, 의자에 턱걸이 끈으로 매달아 놓은 넓고 부드러운 밀짚모자, 이런 모든 것이 외숙모의 앳된 모습을 더해 주고 있다. 축 늘어진 오른손으로 접은 책 한 권을 들고 있었다.

뤼실 뷔콜렝은 식민지 태생의 백작이었다. 그녀는 자기 부모를 알지 못하거나 아주 일찍 여의었다.

어머니가 나중에 내게 들려주신 이야기로는 그녀는 버려진 아이이거나 고아인데, 아직 아이가 없는 보티에 목사 부부가 데려다 키우다가, 마르티니크를 떠나게 되어 뷔콜렝 가족이 살고 있는 르 아브르로 그녀를 데려왔다고 한다. 보티에 집안과 뷔콜렝 집안은 서로 왕래가 있었다. 나의 외삼촌은 그 당시 어느 외국 은행의 행원이었는데, 그가 집으로 돌아와 소녀 뤼실을 본 것은 그 후 3년째 되던 해였다. 외삼촌은 그녀에게 반해 청혼을 하는 바람에 외조부님과 어머니의 속을 어지간히 썩혔던 것이다. 뤼실은 그때 16살이었다. 그 동안 보티에 부인은 아이를 둘이나 갖게 되었다.

그래서 그녀는 날이 갈수록 성격이 아주 이상하게 변하는 이 수양 누나가 그들에게 나쁜 영향을 미칠 것을 두려워하기 시작했다. 또 집안 살림도 어려웠다. 이런 모든 것은, 보티에 집안이 기꺼이 외삼촌의 요청을 받아들인 이유라고 어머니는 내게 들려주셨다. 게다가 내가 상상하는 바로는 소녀 뤼실은 그들에게 몹시 귀찮은 존재가 되기 시작했다는 것이다. 나는 르 아브르의 사회를 알 만큼 알고 있어 이토록 매력적인 소녀에게 남들이 어떻게 대했을지 쉽사리 상상할 수 있다. 나중에야 알게 되었지만 보티에 목사는 온화하고 신중하고 그러면서도 순박하여 남의 꾀에는 무력하고 악한 짓 앞에서는 완전히 두 손 드는 분이었다. 따라서 이 호인은 필경 궁지에 몰리게 되었을 것이다. 보티에 부인에 대해서 나는 아무 말도 할 수 없다. 그녀는 넷째 아이를 낳은 후 죽었기 때문이다. 나와 거의 동년배인 그 아이는 나중에 나의 친구가 되었다.

뤼실 뷔콜렝은 우리 생활에 별로 참여하지 않았다. 그녀는 점심 시간이 지나서야 자기 방에서 내려왔다. 그리고 그녀는 소파나 해먹에 비스듬히 누워서 저녁때까지 있다가 나른해져야 일어났다. 가끔 그녀는 자기 이마에다, 그것도 전혀 윤기 없는 이마에 마치 땀이라도 닦으려는 듯 손수건을 갖다 대곤 하였다. 그 손수건은 섬세하고 꽃향기라기보다는 과일 향기 같은 냄새가 나서 내가 늘 감탄하던 손수건이었다. 때때로 그녀는 허리춤에서 반짝반짝하는 은 뚜껑이 달린 작은 거울을 꺼내곤 했는데 그것은 여러 장신구와 함께 회중시계 줄에 매달려 있었다. 그녀는 자기 얼굴을 거울 속에 비춰 보고는 손가락을 자기 입술에 갖다 대었다가 약간의 침을 묻혀 눈언저리를 적시곤 하였다. 그녀는 자주 책을 들고는 있었지만 거의 언제나 덮여져 있었고, 그 책 속에는 비늘무늬의 페이퍼 나이프를 겸한 끈이 책갈피 속에 끼여 있었다.

누가 그녀 곁에 가까이 가도 그녀의 시선은 마냥 몽상에 잠긴 채 누군지 보려고 하지도 않았다. 그리고 부주의하거나 피곤해 보이는 그녀의 손에서, 소파의 팔걸이에서, 치마의 주름에서, 손수건이나 책이나 어떤 꽃이나 책갈피 끈 등을 땅에 떨어뜨리는 일이 흔히 있었다. 어느 날 그 책을 주워 들고—지금 나는 어린 시절의 추억을 이야기하고 있는 것이다—그것이 시집인 것을 보고 얼굴을 붉혔다.

저녁 식사 후에도 뤼실 뷔콜랭은 우리 가족 테이블에

는 오지 않고 피아노 앞에 앉아 쇼팽의 느린 마요르카 곡을 신나게 치곤 했다. 때때로 박자가 틀리면 그녀는 어떤 화음을 누른 채 꼼짝도 않고 있었다.

외숙모 곁에 있으면 나는 이상스러운 거북함을, 일종의 감탄과 공포가 뒤섞인 감정을 느끼곤 했다. 어쩌면 알 수 없는 본능이 나로 하여금 그녀를 경계하게 했는지 모른다. 게다가 그녀는 플로라 애쉬버튼과 어머니를 무시했고, 미스 애쉬버튼은 그녀를 두려워하고 어머니도 그녀를 좋아하지 않고 있음을 알았다.

뤼실 뷔콜렝, 나는 당신을 더 이상 원망하고 싶지 않습니다. 당신이 저지른 잘못일랑 잊어버리고 싶습니다. 적어도 나는 노여움 없이 당신에 관해 이야기하려고 애쓰겠습니다.

그 해 어느 여름날, 아니면 다음 해 여름인지도 모르겠다. 언제나 배경이 똑같아 때로는 중복된 나의 기억들은 혼동되기 일쑤기 때문이다. 나는 책을 찾으러 응접실에 들어갔다. 그녀가 거기에 있어서 나는 곧 돌아서 나오려고 했다. 그랬더니 여느 때는 나를 돌아보지도 않던 그녀가 나를 불렀다.

"왜 그렇게 빨리 달아나지, 제롬! 내가 무서워?"

가슴을 두근거리며 나는 그녀에게 다가섰다. 나는 억지로 그녀에게 웃어 보이고는 손을 내밀었다. 그녀는 한 손으로 내 손을 쥐고 다른 한 손으론 나의 뺨을 어루만졌다.

"어쩜, 엄마는 이렇게 옷을 입히지? 가엾은 아이……."

그때 나는 마침 깃이 넓은 수부의 작업복을 입고 있었는데, 그것을 외숙모는 구기기 시작했다.

"수부들은 깃을 훨씬 벌려 입는 거야."

그녀는 셔츠의 단추 하나를 풀면서 말했다.

"자, 보렴. 이렇게 하는 게 훨씬 보기 좋잖아."

그러고는 그 조그만 거울을 꺼내 들고 그녀는 자기 얼굴에 내 얼굴을 끌어당기고 내 목을 드러난 팔로 감더니, 나의 셔츠 속으로 반쯤 손을 들이밀고 웃으면서 내가 간지럼을 타는지 안 타는지 묻더니 손을 좀더 깊숙이 밀어 넣었다. 내가 갑자기 펄쩍 뛰는 바람에 작업복은 찢어지고 말았다. 얼굴은 홍당무가 되어 그녀가 "에이, 저런 바보같이." 하고 외치는 사이에 나는 도망쳤다. 나는 정원 한가운데까지 달렸다. 거기서 채소밭의 조그만 빗물통에 손수건을 적셔 이마에 대고 얼굴이며 목 할 것 없이 그녀의 손이 닿은 곳은 모조리 씻고 닦았다.

때때로 뤼실 뷔콜렝은 발작이 일어났다. 그것은 갑자기 그녀를 엄습해서 집안을 발칵 뒤집어 놓는다. 미스 애쉬버튼은 부랴부랴 아이들을 데리고 나가 돌보았지만 침실이나 응접실에서 들려오는 그 무서운 소리를 아이들이 듣지 않도록 할 수는 도저히 없었다. 외삼촌이 미치다시피 되어 수건이나 오드콜론이나 에테르를 찾으면서 복도를 뛰어다니는 소리가 들렸다. 저녁에 외숙모가 아직 나타나지 않은 식탁에 앉아 외삼촌은 불안하고 늙수그레해 보이는 얼굴을 하고 있었다.

그 발작이 어지간히 지나간 후에는 뤼실 뷔콜렝은 자기 집으로 아이들을 불러들인다. 적어도 로베르나 줄리에트만은 불러들인다. 그러나 결코 알리사를 부른 적은 없다. 이런 슬픈 날에는 언제나 알리사는 자기 방에 틀어박혀 있다. 그러면 때로 그녀의 아버지가 그녀를 찾아가곤 한다. 그는 딸과 곧잘 이야기를 나누기 때문이다.

숙모의 발작은 하인들을 몹시 놀라게 했다. 발작이 유달리 심한 어느 날 저녁, 나는 어머니와 함께 응접실에서 일어나는 소리가 잘 들리지 않는 어머니 방에 있었는데,

"주인 아저씨, 빨리 내려오세요. 마님이 막 토하시려고 해요."

라고 소리치면서 복도를 뛰어가는 하녀의 소리가 들려

왔다.

외삼촌은 알리사의 방에 올라가 계셨던 것이다.

어머니가 부르러 가셨다. 15분 후에 두 분이 내가 있던 방의 열린 앞을 지나가면서 어머니가 하시는 말소리가 들려왔다.

"내가 바른 대로 말을 할까, 이건 연극이야."

그리고 몇 번이고 음절을 떼어 천천히 발음하면서 '연-극'이라고 말하였다.

이 일은 방학이 끝날 무렵에 일어났고 아버지가 놀아가신 지 2년 후의 일이었다. 나는 그 후 오랫동안 외숙모를 보지 못했다. 그러나 우리 집안을 발칵 뒤집어 놓은 슬픈 사건과, 그리고 그 사건의 결말에 앞서 내가 뤼실 뷔콜렝에게 느끼던 복잡하고도 어렴풋한 감정이 그만 뚜렷한 증오로 바뀌게 된 조그만 사건을 말하기 전에 나는 사촌 누이에 대한 이야기를 하고자 한다.

알리사 뷔콜렝이 예뻤는지 나로서는 아직도 알 수가 없다. 나는 단지 단순한 아름다움과는 다른 매력에 끌려 그녀 곁에 머물게 되었다. 알리사는 자기 어머니를 닮긴 닮았다. 그러나 그녀의 눈매는 내가 뒤늦게야 비로소 둘이 닮았다는 점을 알아차릴 정도로 아주 다른 표정이었다. 얼굴 생김새를 묘사할 수도 없고 윤곽이며 눈빛까지도 생각나지 않는다. 다만 벌써부터 그녀의 미소에 슬픔이 서린 표정과 커다란 원을 그리며 눈과 떨어져 유별나게 눈 위에 올라붙은 눈썹 선만이 생각날 따름이다. 나는 이런 눈썹을 아무한테서도 본 적이 없었다. 그렇지만 단테 시대의 플로렌스의 작은 조각상에서 보았다고나 할까? 그래서 나는 어릴 적에 베아트리체도 그 눈썹처럼 아주 널따랗고 반달처럼 흰 눈썹을 가졌겠지 하고 상상해 볼 뿐이었다. 그 눈썹은 눈매에 아니 몸 전체에, 불안하면서도 어딘가 자신이 있고 동시에 무엇인가 묻고 싶어하는 표정을 만들었다. 그렇다. 정열적으로 묻고 있는 듯한 표정을 띠고 있었다. 그녀에게는 모든 것이 물음과 기다림이었다. 나는 이 물음이 어떻게 나를 사로잡았고, 나의 생애를 어떻게 결정지었나를 여러분에게 이야기해 보려 한다.

줄리에트는 알리사보다 더욱 아름다웠을지도 모른다. 기쁨과 건강이 그녀에게 광채를 던져 주고 있었다. 그러나 그녀의 아름다움은 언니의 우아함 앞에서는 외적으로 누구에게나 단번에 드러나는 것처럼 보였다. 사촌 동생에게는 특징지을 수 있는 특별한 것이 아무것도 없었다. 단지 그는 내 연령의 소년이었다. 나는 줄리에트와 로베르하고 같이 놀았다. 알리사하고 나는 이야기를 하곤 하였다. 알리사는 우리들의 놀이에 참여하지 않았다. 내가 과거를 아무리 멀리 거슬러 올라간다 하더라도, 진지하고 약간의 미소를 띠고 생각에 잠긴 그녀밖에는 생각나지 않는다. 우리는 무슨 이야기를 했던가? 두 아이는 무슨 이야기를 할 수 있었던가? 곧 그 이야기를 여러분들에게 해드리도록 노력하겠다. 그러나 그보다 먼저, 그리고 앞으로 외숙모에 대해 더 이상 말하지 않기 위해 외숙모에 대한 이야기를 끝내고 싶다.

아버지가 돌아가신 지 2년 후에 어머니와 나는 부활절 휴가를 지내기 위해 르 아브르에 갔다. 우리는 시내에서 꽤 좁게 살고 있는 뷔콜랭 외삼촌 댁에서 지내지 않고, 훨씬 큰집에 살고 있는 큰 이모 댁에서 보냈다. 내가 별로 만날 기회가 없었던 플랑티에 이모는 오래전부터 과부였다. 나보다 나이도 훨씬 많고 성격도 판이하게 틀리는 이모집 아이들을 나는 거의 모르고 있었다. 르 아브르에서 사람들이 '플랑티에 댁'이라고 부르는 이모 댁은 시내가 아니라 시가지를 굽어볼 수 있는 언덕 중턱에 있었다. 뷔콜랭 댁은 상가 근처에 살고 있었다. 그 비탈길은 이 집에서 저 집으로 꽤 빨리 왕래할 수 있었다. 나는 하루에도 몇 번씩 이 비탈길을 뛰어내려갔다가 다시 뛰어올라오곤 했다.

그날 나는 외삼촌 댁에서 점심을 먹었다. 식사가 끝난 후 얼마 안 되어 외삼촌은 외출하셨다. 나는 사무실

까지 외삼촌을 따라갔다가 어머니를 찾으러 플랑티에
댁에 올라갔다. 그러나 어머니는 이모와 함께 외출하셨
고 저녁 식사시간에야 돌아오신다고 했다. 나는 곧장
시내로 내려왔다. 시내를 자유로이 쏘다니는 것은 무척
드문 일이었다. 나는 바다 안개로 침울해 보이는 항구
로 나갔다. 부둣가를 한두 시간 이리저리 걸어다녔다.
문득 나는 조금 전에 헤어진 알리사를 놀라게 해주고
싶은 충동이 생겼다. 나는 달음박질로 시를 가로질러
뷔콜렝 댁의 벨을 눌렀다. 이미 나는 계단을 뛰어 올라
가고 있었다. 문을 열어 준 하녀가 나를 가로막았다.
"올라가지 마세요, 제롬 도련님! 올라가지 마시래두
요. 마님께서 발작이 나셨어요."
그러나 나는 그 앞을 지나갔다.
'외숙모를 만나러 온 것은 아닌데 뭐……' 알리사의
방은 4층에 있었다. 2층에는 응접실과 식당이 있고 3
층에는 외숙모 방이 있는데 거기서 말소리가 들려왔다.
문이 열려 있었다. 들킬까 봐 겁이 난 나는 잠시 망설
였다. 몸을 움츠렸다. 그러고는 어안이 벙벙한 채 다음
과 같은 장면을 목격했다. 커튼이 쳐져 있었으나, 두 개
의 촛대에 촛불이 밝게 켜져 있는 방 한가운데에 외숙
모가 긴 의자에 누워 있고 그 발치에 로베르와 줄리에
트가, 그 뒤에는 중위 군복을 입은 웬 낯선 젊은 남자

가 있는 것이 보였다. 그 두 아이들이 그곳에 있었다는 것은 지금 같으면 괴상하게 여겨졌을 일이지만 그 당시엔 철없던 나를 오히려 안심시켰다. 그들은 웃으면서 가냘픈 목소리로

"뷔콜렝, 뷔콜렝, 만약 내가 양을 가졌다면 틀림없이 뷔콜렝이라 불렀을 겁니다."

라고 되풀이하고 있는 그 낯선 남자를 바라보고 있었다.

외숙모도 역시 큰 소리로 웃었다. 나는 외숙모가 젊은 남자에게 담배 한 개비를 내밀어 그가 붙여 주는 불에 몇 모금 빨고 내뿜는 것을 보았다. 담배가 방바닥으로 떨어졌다. 그는 그것을 주우러 급히 달려가더니 숄에 발이 걸린 척하면서 외숙모 앞에 무릎을 꿇었다. 이런 우스꽝스러운 연극 때문에 나는 아무한테도 들키지 않고 그 앞을 지날 수 있었다.

지금 나는 알리사의 방문 앞에 서 있다. 나는 잠시 기다렸다. 웃음소리와 말소리가 들려왔다. 아마 그 소리 때문에 내가 문 두드리는 소리가 들리지 않았던지 대답이 없었다. 문을 밀었다. 소리 없이 열린다. 방은 벌써 어두워져 알리사를 바로 알아보지 못했다. 그녀는 저무는 햇빛이 스며드는 창을 등지고 침대 머리맡에 무릎을 꿇고 있었다. 그녀는 고개를 돌렸다. 그러나 내가 다가서는 것을 보고도 일어서지 않고 중얼거렸다.

"오, 제롬! 왜 돌아왔어?"

나는 그녀에게 입맞추려고 몸을 굽혔다. 그녀의 얼굴은 눈물로 젖어 있었다.

그 순간 나의 인상은 결정되었다. 나는 지금도 괴로움 없이는 그 순간을 떠올릴 수 없다. 물론 나는 알리사의 슬픔의 원인을 아주 희미하게 이해할 뿐이었다. 그렇지만 나는 이 슬픔은 팔딱이는 이 작은 영혼과 흐느낌에 떨고 있는 이 연약한 육신에게는 너무 크다는 것을 뼈저리게 느꼈다.

무릎을 꿇고 있는 그녀 곁에 나는 서 있었다. 나의 가슴속에 솟구치는 이 새로운 격정을 나는 무어라고 설명할 도리가 없었다. 다만 그녀의 머리를 나의 가슴에 안고 그녀의 이마 위에 나의 영혼이 흘러내리는 나의 입술을 대고 있었다. 사랑과 연민, 열정과 희생, 미덕이 뒤섞인 막연한 감정에 도취되어 나는 있는 힘을 다해 하나님께 호소하였고 이 소녀를 두려움과 불행과 삶으로부터 지켜 준다는 것 이외에 내 생애의 다른 목적이 더 이상 있을 수 없음을 깨닫고 나 자신을 비치기로 했다. 그리하여 나는 기도로 벅찬 심정으로 마침내 무릎을 꿇고 그녀를 꼭 껴안아 감싸 주었다. 어렴풋이 그녀의 목소리가 들려왔다.

"제롬! 그들이 너를 보지 않았지, 응? 빨리 가줘. 그들이 너를 보면 안 돼."

그리고 더욱 낮은 목소리로 말했다.

"제롬, 아무에게도 말하지 말아 줘……. 가엾은 아빠는 아무것도 모르고 계시거든……."

그래서 나는 어머니에게도 아무 말도 하지 않았다. 그러나 플랑티에 이모와 어머니의 끊임없는 수군거림, 이 두 분의 안절부절못하고 근심스럽고 무언가 숨기는 듯한 태도, "애, 좀 멀리 가서 놀려무나." 하시며 수군거리고 있는 두 분 곁에 내가 갈 때마다 나를 몰아내려 하시던 그 말, 이 모든 것은 두 분이 뷔콜렝 집안의 비밀을 완전히 모르시는 것도 아니라는 것을 나에게 보여 주었다.

우리가 파리에 도착하자마자 한 장의 전보가 와서 어머니는 르 아브르로 가셨다. 외숙모가 달아나 버렸다는 것이다.

"누구와 함께요?"

나는 어머니가 나를 맡긴 미스 애쉬버튼에게 물었다.

"애, 그건 너의 어머니께 물어 봐. 난 뭐라 말할 수 없으니."

이 사건에 깜짝 놀란 올드 미스는 말했다.

　이틀 후 그녀와 나는 어머니한테 가려고 출발했다. 그날은 토요일이었다. 그래서 나는 그 다음날에는 외사촌 누이들을 교회에서 만날 것이라는 생각으로만 가득 차 있었다. 왜냐하면 어린 내 마음에 신성한 우리의 재회를 굉장히 중요하게 생각했기 때문이다. 아무튼 나는 외숙모에 대해서는 별로 걱정하지 않았고 어머니에게 캐묻지 않는 것이 체면이 서는 것이라고 여겼다.

　조그마한 예배당에는 그날 아침 별로 사람이 많지 않았다. 보티에 목사는 틀림없이 일부러 그랬겠지만 묵상을 위한 성서의 인용구로 그리스도의 다음 말씀을 인용하셨다.

　"좁은 문으로 들어가도록 있는 힘을 다하라."

　알리사는 나보다 몇 자리 앞에 있었다. 나는 그녀의 옆얼굴을 보았다. 나는 너무나 나 자신을 망각한 채로 그녀를 뚫어져라 바라보고 있었기 때문에 내가 정신없이 귀를 기울이고 있던 이 말도 그녀를 통해서 듣는 듯싶었다. 외삼촌은 어머니 옆에 앉아 울고 계셨다. 목사는 우선 이 구절을 읽으셨다. "좁은 문으로 들어가도록 있는 힘을 다하라. 멸망으로 이르는 문은 넓고 그 길이 넓어 그리로 들어가는 자는 많도다. 그러나 '생명'으로 이르는 문은 좁고 그 길은 비좁아 찾는 자 적기 때문이다." 그러고는 주제를 분명히 나누어서 그는 우선 넓은 길에 대해 말했다. 멍청하니 마치 꿈속에서처럼 나는 외숙모의 방을 다시 그려 보았다. 누워서 웃고 있는 숙모와 번지르르한 그 장교를 그려 보았다. 웃음이니 즐거움이니 하는 관념 자체가 사람을 상처 입히고 해치는 것이요, 마치 죄악의 밉살스러운 과장인 것이 느껴졌다.

"그리로 들어가는 자 많도다."

보티에 목사는 계속하였다. 그가 설교를 하는 동안 나는, 웃으면서 명랑하게 앞으로 나가면서 행렬을 이루는 호사스런 군중들을 보았는데, 나는 그럴 수도 없거니와 또한 끼고 싶지도 않았다. 그들과 함께 떼어놓는 발걸음 하나하나가 알리사를 나로부터 멀리 떼어 놓을 것 같았다.

이윽고 목사는 성서의 인용구 첫머리로 다시 돌아왔다. 그래서 나는 이번에는 들어가기를 힘써야 하는 좁은 문을 보았다. 내가 잠시 있는 꿈속에서, 나는 이 문이 일종의 압연기(壓延機)처럼 생각되었다. 그렇지만 하늘의 축복이 있을 것 같은 전조가 뒤섞인 이상한 두려움을 가지고 들어가야 하는 곳이라고 생각되었다. 또한 이 문은 알리사의 방문이 되는 것이었다. 그 문으로 들어가기 위해 나는 스스로를 참고 내 마음속에 남아 있는 모든 '이기주의'를 버려야 했다…….

"생명에 이르는 길은 좁으니라." 보티에 목사는 다시

설교를 계속하였다. 그리하여 나는 온갖 괴로움, 모든 슬픔을 초월하여 순수하고 신비하고 맑은, 내 영혼이 벌써 목마르게 갈망하고 있는 또 하나의 기쁨을 예감하였다. 나는 이 기쁨이 날카로우면서도 부드러운 바이올린 소리처럼 알리사의 마음과 내 마음이 한데 용해되어 활활 타오르는 불꽃처럼 상상되었다. 우리는 둘이서 계시록이 우리에게 계시한 하얀 옷을 입고 서로 손을 마주 잡고 같은 목적을 향해 앞으로 나아가고 있었다. 이러한 어린애의 꿈이 굉장히 우스꽝스럽다 해도 나에게 무슨 상관이 있단 말인가? 나는 지금 있는 그대로를 이야기하고 있다. 어쩌면 이 속에 있을지 모르는 혼란은 보다 분명한 감정을 갖게 하기 위한 말과 불완전한 이미지에서만 존재하는 것인지도 모른다.

"그것을 찾는 자는 드무니라."

보티에 목사는 끝을 맺으려 하였다. 그는 어떻게 이 좁은 문을 찾는가를 설명하였다. "찾는 이가 적으니라." 나는 그들 중 한 사람이 되었다.

설교가 끝나 갈 무렵 내 마음의 긴장은 극도에 달해, 예배가 끝나자 곧 알리사를 찾아보려 하지 않고 뛰쳐나와 버렸다. 나의 결심을(이미 결심했으니까) 시험해 보고 싶었고 내가 그녀와 멀리 떨어져 있는 것이 한결 나으리라고 자랑스럽게 생각했기 때문이었다.

Ⅱ

이런 엄격한 교육은 의무 관념에 충실할 선천적인 각오가 되어 있는 하나의 영혼을 발견했다. 그리고 우리 부모님이 보여 준 본보기는 그들이 내 마음의 첫 충동들을 억눌러 주었던 청교도적인 계명과 결합하여 덕이라 부르기까지 하는 방향으로 나를 이끌고 가버렸다. 나 자신을 자제한다는 것은 내게는 남들이 방탕하는 것만큼 자연스러운 일이었고 또 남들이 내게 부여한 이 엄격성은 나의 용기를 꺾기는커녕 도리어 기쁨을 증가시켰다. 내가 앞으로 찾을 것은 행복이 아니라 행복에 도달하려는 무한한 노력이었다. 그러므로 벌써 나는 행복과 미덕을 혼동하고 있었다.

물론 14살짜리 소년인 나는 아직도 유동적이어서 이렇게도 저렇게도 할 수 있는 자유로운 상태였다. 그러나 알리사에 대한 나의 사랑은 자꾸만 이 방향으로 단호하게 나를 이끌어 갔던 것이다. 그것은 갑자기 생긴 내면의 계시(啓示)였는데 그 덕분에 나는 나 자신을 의식하게 되었다. 즉 내성적이며 활발하지 못하고 기대에 부풀어 있으나 남을 걱정해 본 적이 없으며 별로 대담하지 못하고 자신을 극복하는 것 이외의 다른 승리는 생각해 보지 않는 그런 사람이라는 것을 알게 된 것이다.

나는 공부를 좋아했다. 놀이 중에서도 머리를 쓰거나 힘을 요구하는 놀이가 아니면 열중하지 않았다. 내 또래의 친구들과는 별로 사귀지 않았고 단순한 우정이나 호의에 의해서만 그들과 함께 어울렸을 뿐이다. 그렇지만 나는 아벨 보티에와는 친했는데 파리에 와서 나와 같은 반이 되었다. 그는 상냥하고 쾌활한 편이어서 존경보다는 정을 더 느끼게 하는 아이지만, 나의 생각이 항상 떠나지 않는 르 아브르나 퐁괴즈마르에 대해서 그와 함께 이야기할 수 있었다.

사촌 동생 로베르 뷔콜렝은 우리와 같은 중학교 기숙사에 있으면서도 두 학년 아래 반이었다. 나는 일요일밖에는 그를 만나지 못했다. 그가 나의 사촌 동생이 아니었더라면, 게다가 그는 외사촌 누나를 별로 닮지 않았으므로 나는 그를 만날 생각조차 하지 않았을 것이다.

그 무렵 나는 온통 사랑에만 열중하였고, 이 두 가지 우정이 나에게 어떤 중요성을 갖게 된다면 그것은 바로 사랑에 의해 빛을 받음으로써였다. 알리사는 내게 가르쳐 준 성서(마태복음 13장 45~46절)에서 말하는 값진 진주와 같은 존재였다. 나는 그것을 갖기 위하여 내 몸에 지닌 모든 것을 파는 사람이었다. 아직 어린 나이로 사랑을 말하고, 사촌 누나에 대해 품고 있던 감정을 사랑이라 부르는 것은 나의 잘못일까? 그 후 내가 알게 된 그 어느 것도 내게는 사랑이란 이름보다 더 값진 것은 없는 것같이 생각되었다. 게다가 육체적으로 알 수 없는 불안에 괴로워할 나이가 되어서도 나의 그러한 감정에는 아무런 큰 변화도 없었다. 나는 아주 어려서 오직 내가 사랑할 만한 가치가 있는 여자를 직접 소유하려는 생각은 없었다. 공부와 노력, 경건한 행위 등 모든 것을 나는 알리사에게 바치고 있었다. 그녀를 위해서만 내가 했던 모든 것을 그녀에게는 알리지 않는 것이 한층 더 훌륭한 미덕이라고 생각하였던 것이다. 이리하여 나는 나를 홀리게 하는 일종의 겸손에 더욱 도취되었고, 나 자신의 쾌락은 조금도 염두에 두지 않고 오직 내가 어떤 노력을 치르지 않은 그 어떤 것에도 만족하지 않는 버릇이 생겼다.

  이 경쟁심은 나만이 몰두했던 것일까? 알리사는 이러한 나의 마음을 눈치채고 있는 것 같지 않았고 그녀를 위해 이처럼 열심히 노력하고 있는 나 때문에, 또는 나를 위해 무엇을 하고 있는 것 같지도 않았다. 그녀의 끊임없는 마음속에는 모든 것이 아주 자연스러운 아름다움이 깃들여 있었다. 그녀의 미덕은 있는 그대로 내버려 둔 것처럼 여겨질 만큼 편안함과 우아함을 지니고 있었다. 천진난만한 그녀의 미소 때문에 엄숙한 시선까지도 사랑스러워졌다.

나는 그토록 부드럽고 다정스럽게 무엇을 묻는 듯한 그녀의 시선이 눈에 선하다. 그러고 보면 외삼촌이 마음이 어수선해질 때면 언제나 맏딸 곁에서 심적인 의지와 조언과 위안을 찾았던 것을 이해할 수 있다. 그 다음해 여름에 나는 외삼촌이 그녀와 이야기를 나누는 것을 가끔 보았다. 외삼촌은 상심하여 많이 늙으셨다. 그는 식사 때에도 통 말씀이 없으셨고 가끔 불쑥 즐거운 표정을 억지로 지으셨으나 차라리 침묵을 지키는 것보다 더 가슴 아팠다. 알리사가 그를 부르러 가는 저녁때까지 서재에서 담배만 피우고 계셨다. 알리사가 빌다시피 해야 밖으로 나오는 것이었다. 알리사는 그를 마치 어린애처럼 데리고 뜰에 나선다. 두 사람은 꽃이 핀 오솔길을 따라 내려가 우리가 의자를 갖다 둔 채소밭으로 가는 계단 근처에 있는 원형 광장으로 가 앉았다.

어느 날 저녁 나는 빨갛게 물든 커다란 너도밤나무 그늘 아래 잔디밭에 누워서 늦도록 책을 읽고 있었다. 그곳은 단지 보이지 않고 소리만 들리는 계수나무 울타리가 꽃핀 오솔길을 막고 있었다. 그런데 나는 거기서 알리사와 외삼촌의 목소리를 들었다. 확실히 그들은 로베르에 관해 이야기하고 있었다. 그때 나의 이름이 알리사의 입에서 나왔다. 그리고 내가 그들의 말을 조금 알아들을 수 있게 되었을 때 외삼촌은 큰 소리로 말씀하셨다.

"오! 그 애. 그 애는 늘 공부만 좋아할 거야."

본의 아니게 엿듣게 된 나는 그 자리를 떠나고 싶었다. 아니 어떻게든 내가 여기에 있다는 것을 그들에게 알려 주고 싶었다. 그러나 어떻게? 기침을 할까?

'저 여기 있어요. 말소리가 들려요.' 라고 소리를 지를까? 정말이지, 내가 가만히 있었던 것은 그들의 말을 더 듣고 싶다는 호기심에서가 아니라 오히려 거북스러움과 수줍음 때문이었다. 더구나 그들은 이곳을 지나쳤을 뿐이고, 그래서 나는 그들의 말소리를 아주 희미하게 들을 수밖에 없었다. 그러나 그들은 천천히 걸어가고 있었다. 아마도 알리사는 늘 그렇듯이 가벼운 바구니를 팔에 끼고 시든 꽃을 따기도 하며, 땅에 떨어져 있는, 바다에서 곧잘 몰려오는 안개 때문에 아직 시퍼런 과일들을 줍고 있었을 것이다. 나는 그녀의 맑은 목소리를 들었다.

"아빠, 플랑티에 고모부는 훌륭한 분이셨나요?"

외삼촌의 목소리는 흐리고 희미했다. 그래서 무어라고 대답했는지 나는 알아들을 수 없었다. 알리사는 다시 물었다.

"대단히 훌륭하셨죠, 네?"

또다시 너무 막연한 대답을 했다. 그러나 알리사는 다시 물었다.

"제롬은 영리해요, 그렇죠?"

어떻게 귀를 곤두세우지 않을 수 있을까? 그러나 도무지 알아들을 수가 없었다. 그녀는 말을 계속했다.

"아빠는 그 애가 훌륭한 사람이 될 거라고 생각하시나요?"

여기서 외삼촌의 목소리는 높아졌다.

"하지만, 얘야, 네가 훌륭한 사람이라고 한 그 말이 어떤 뜻인지 우선 알고 싶다. 적어도 남의 눈에는 그렇게 보이지 않더라도 아주 훌륭할 수도 있단다. 하나님의 눈으로 굉장히 훌륭할 수도 있고 말이야."

"제가 말하는 것도 그런 뜻으로 한 말이에요."

알리사가 말했다.

"더구나 누가 알 수 있겠니? 그 애는 아직 너무 어린데. 그래, 그 애는 유망하긴 하지. 하지만 그것만 가지고는 성공하기에 충분치 않아."

"그럼 또 뭐가 필요해요?"

"얘야, 뭐라고 말을 해야 좋겠니? 신뢰, 뒷받침, 사랑이 필요하다고 할까?"

"뒷받침이란 어떤 거죠?"

알리사가 말을 가로챘다.

"내게는 없었던 애정이라든가 존경 같은 것이지."

외삼촌은 쓸쓸하게 대답하셨다. 그 후에는 그들의 말소리가 더 이상 들리지 않았다.

저녁기도 시간에 나는 본의 아닌 나의 실수를 몹시 후회했다. 그리고 그 일을 외사촌 누나에게 모두 고백하려고 마음먹었다. 어쩌면 이번에는 좀더 알고 싶은 호기심이 섞여 있었는지도 모른다. 이튿날 내가 그 말을 그녀에게 꺼내자마자 말했다.

"하지만 제롬! 그렇게 엿듣는 것은 아주 나쁜 짓이야. 우리한테 알리든가 가버렸어야 했어."

"나는 정말이지 엿듣진 않았어. 그러려고 하지 않았는데도 들렸을 뿐이지……. 그리고 그냥 지나가 버렸잖아 뭐."

"우리는 천천히 걷고 있었어."

"하지만 나는 조금밖에 듣지 못했어. 그나마 금방 들리지 않게 되어 버렸다구. 그런데 누나가 말해 줘. 누나가 외삼촌에게 성공하기 위해서 필요한 것을 물었을 때 외삼촌이 뭐라고 대답하셨어?"

그녀는 웃으면서 말했다.

"다 듣고서 뭘 그래! 내가 되풀이하는 게 재미있나 보지?"

"정말이야, 난 첫마디밖에 듣지 못했어. 신뢰와 사랑에 대해서 말씀하셨을 때 말이야."

"그리고 다른 여러 가지가 필요하다고 하셨어."

"그런데 누나는 뭐라고 대답했어?"

그녀는 갑자기 정색을 했다.

"인생에 있어서 뒷받침에 대해 말씀하실 때, 나는 네 어머니가 계시다고 했지."

"오, 알리사! 어머니가 항상 계시지는 않잖아, 잘 알면서 그래…… 그리고 이것은 같은 문제가 아니야."

그녀는 고개를 숙였다.

"아버지도 그렇게 내게 말씀하셨어."

나는 떨리는 손으로 그녀의 손을 잡았다.

"내가 이제부터 무엇이 되든 간에 그것은 모두 다 알리사를 위해서야."

"그렇지만 제롬! 나 역시 제롬을 떠날 수 있잖아."

나는 진심으로 말했다.

"나는 결코 누나를 떠나지 않을 거야."

그녀는 약간 어깨를 으쓱했다.

"너는 혼자서 걸어갈 만큼 강하지 못한가 보지? 우리는 누구나 다 혼자 힘으로 천국을 차지해야 하는 거야."

"그런데 내게 그 길을 가르쳐 주는 것은 바로 누나거든."

"너는 왜 그리스도 외에 다른 안내자를 찾으려 하는

거지? 우리 두 사람 서로가 상대편을 잊고서 하나님께 기도하는 때보다 우리가 더 가까이 있은 적이 있다고 생각하니?"

"그럼, 우리 두 사람을 결합시켜 달라고 말이지."

나는 말을 가로챘다.

"나는 매일 아침 저녁으로 그렇게 하나님께 기도하고 있어."

"하나님 안에서 공동체가 된다는 것을 넌 모르는 모양이지?"

"아니, 잘 알고 있어. 그것은 둘이서 같은 대상을 경배하는 가운데 서로 열심히 다시 찾는 것을 말해. 누나가 숭배하고 있는 대상을 내가 숭배하는 것은 바로 누나를 다시 만나기 위해서인 것 같아."

"너의 신앙은 순수하지 못하구나."

"내게 너무 지나친 걸 요구하지 마. 난 천국이라도 거기서 누나를 다시 보지 못한다면 소용없단 말이야."

그녀는 입술에 손가락 하나를 갖다 대더니 약간 엄숙하게 말하였다.

"너희는 먼저 하나님의 나라와 그의 의를 구하라(마태복음 6장 33절)."

우리들의 대화를 여기에 적으면서, 어떤 아이들의 말이 얼마나 심각한지 모르는 사람들은 이 말들이 어린애

답지 않게 보일 것이라는 걸 나는 잘 알고 있다. 이토록 말들을 꾸며대는 것과 마찬가지로 나는 그것을 바라지 않는다.

우리는 라틴어로 된 복음서를 구해 그 속에 있는 긴 구절들을 외우고 있었다. 자기 동생을 돕는다는 구실로 알리사는 나와 함께 라틴어를 배웠다. 그러나 내 짐작으로는 나의 독서를 따라오기 위한 것이었다. 또 정말로 나는 그녀가 나를 따라올 것 같지 않은 공부에는 그다지 취미를 가지려 하지도 않았다. 그것이 설사 나를 때때로 방해했다 해도, 남들이 생각하듯이 나의 정신의 비약이 그것으로 억제된 것은 아니었다. 그와는 반대로 그녀가 모든 면에서 자유로이 나를 앞질렀던 것 같다.

그러나 나의 정신은 그녀에 의해 그 방향을 선택했고, 그 당시 우리 마음을 차지했고 우리가 '사색'이라고 불렀던 것은 감정의 가장이나 사랑의 겉치레보다는 더 학문적인 어떤 공감에 대한 하나의 구실에 불과했다.

어머니는 처음에 아직 그 깊이를 잴 수 없는 그녀의 감정에 대해 염려하셨을 것이다. 그러나 기력이 점점 감퇴해 감을 느끼신 지금, 어머니께서는 우리를 모성 어린 품안에 결합시키려고 하셨다. 오래 전부터 앓으시던 심장병이 갈수록 자주 불안을 일으켰다. 특히 심한 발작이 있는 동안 어머니는 나를 곁에 부르셨다.

"애야, 너도 보다시피 나도 이제는 많이 늙었다. 언젠가는 너를 남겨 두고 갑자기 떠나갈지도 모르겠구나."
하고 말씀하셨다.

어머니는 몹시 가슴이 답답하신지 입을 다무셨다. 그때 나는 참을 수가 없어서, 내가 말하기를 기다리는 것 같아 보이는 말을 해버렸다.

"엄마……. 아시겠지만, 저는 알리사와 결혼하고 싶어요."

나의 말이 확실히 어머니의 속마음과 통했던 모양이다. 왜냐하면 어머니는 당장 나의 말을 이으셨기 때문이다.

"그래, 그 말이 바로 내가 네게 하고 싶은 이야기다. 제롬!"

"엄마!"

나는 흐느끼며 말했다.

"그녀도 나를 사랑하고 있겠죠. 그렇죠?"

"그래, 그렇고말고."

어머니는 몇 번이고 다정스럽게, "그래, 그렇고말고." 하고 되풀이하셨다. 어머니는 말씀하시기가 힘드신 모양이었다. 어머니는, "하나님께 맡겨야지." 라고 덧붙이셨다. 그러고는 그 옆에 고개를 숙이고 있는 내 머리 위에 어머니의 손을 얹으시고 계속 말씀하셨다.

"하나님, 내 자식들을 지켜 주소서! 하나님, 두 아이 모두 보호하소서!"

이렇게 말씀하시고는 일종의 반수면 상태에 들어가셨다. 나는 그런 어머니를 깨우려 하지 않았다.

이 이야기는 두 번도 되풀이하지 않았다. 그 이튿날 어머니는 한결 나으셨다. 나는 강의를 들으러 학교에 갔고, 도중에 그친 나의 비밀 이야기는 다시 침묵 속에 파묻히고 말았다. 더구나 내가 무엇을 더 알 수 있겠는가? 알리사가 나를 사랑한다는 것은 조금도 의심할 수 없었다. 설사 그때까지 내가 의심을 품었다 하더라도 곧이어 슬픈 사건이 일어나게 되어, 나의 마음에서 그 의심은 사라져 버렸다.

어머니는 어느 날 저녁 미스 애쉬버튼과 내가 지켜보는 가운데 아주 조용히 운명하셨다. 어머니의 숨을 앗아간 마지막 발작은 여러 차례의 다른 발작들에 비해 처음에는 그리 심하지 않았다. 마지막에 가서야 위험한 증세를 보였기 때문에 우리 친척 중 아무도 그 전에 달려올 틈이 없었다. 사랑하는 어머니의 주검 앞에서 내가 첫날밤에 밤샘을 한 것도 어머니의 오랜 친구 곁에서였다. 나는 어머니를 몹시 사랑했다. 눈물이 흐름에도 내 마음속에서 슬픔이 느껴지지 않는 것에 나는 스스로 놀랐다. 내가 운 것은 자기보다 훨씬 나이 젊은 친구를 앞서 하느님 앞에 보내는 미스 애쉬버튼이 가엾어서였다. 하지만 이번 어머니의 죽음이 사촌 누나를 빨리 내게 가까워지게 할 것이라는 은근한 생각이 나의 슬픔을 한없이 억누르고 있었다.

이튿날 외삼촌이 오셨다. 외삼촌은 플랑티에 이모와 함께 다음날에야 올 자기 딸의 편지를 내게 주었다. 그 편지엔 다음과 같이 씌어 있었다.

나의 친구이며 동생인 제롬, 어머니가 돌아가시기 전에 기다리고 계시던, 대단한 기쁨을 드릴 만한 몇 마디 말을 해드리지 못한 게 나는 얼마나 섭섭한지 모르겠어. 지금은 어머니께서 나를 용서해 주실 것을 바라고, 앞으로는 하나님만이 우리 둘을 인도해 주시길 빌 뿐이야! 안녕. 나의 가엾은 친구. 어느 때보다 더 다정한 마음에서.

너의 알리사로부터

이 편지는 무엇을 의미하는 것일까? 다하지 못해 섭섭하다는 말이란 무엇일까? 우리의 장래를 약속하는 말이 아니라면 말이다. 그렇지만 나는 감히 청혼을 받을 만큼 나이도 아직 들지 않았다. 하기야 약속할 필요가 어디 있겠는가? 우리는 이미 약혼자나 다름없지 않은가? 우리의 사랑은 이미 집안 사람들에게는 비밀이 아니다. 외삼촌도 어머니와 마찬가지로 반대할 생각이 없으셨고, 오히려 그와는 반대로 벌써 그는 나를 자기 아들처럼 대하고 계셨다.

며칠 후에 다가온 부활절 휴가를 나는 르 아브르에서 보냈다. 플랑티에 이모 댁에 묵으면서 식사는 대부분 외삼촌 댁에서 했다.

펠리시 플랑티에 이모는 무척 호인이었다. 그러나 사촌들과 나는 이모에게 별로 친밀감을 가지고 있지 않았다. 이모는 항상 바빠서 숨쉴 틈도 없었다. 몸짓에도 상냥한 맛이 없고 목소리도 전혀 부드럽지 않았다. 그리고 우리에 대한 애정이 넘쳐흘러 그 애정을 표시하고 싶을 때면 아무때고 애무를 퍼부어 우리를 당황하게 만들었다. 뷔콜랭 외삼촌은 이모를 매우 좋아하셨다. 그렇지만 외삼촌이 이모에게 말할 때 그 목소리만 들어도 우리 어머니를 얼마나 좋아했는지를 알 수 있었다.

"애야." 하고 어느 날 저녁 이모가 말을 시작했다.

"난 네가 이번 여름에 뭘 할 작정인지 모르겠다. 그렇지만 내가 내 계획을 결정하기 전에 네 계획을 알고 싶단다. 내가 혹시 네게 도움이 될지 아니?"

"아직 별로 생각해 보지 않았어요."

나는 이렇게 그녀에게 대답했다.

"여행이나 할까 해요."

이모가 말을 이었다.

"너도 알다시피 퐁괴즈마르에서처럼 내 집에서도 너는 언제나 반가운 손님이야. 거기로 가면 물론 너의 삼촌이나 줄리에트가 좋아하겠지만 말야."

"알리사 말씀이죠?"

"그렇군! 미안하다. 네가 좋아하는 게 줄리에트인 줄 알고 있었구나. 하지만 나는 너를 잘 모르잖니. 너를 만날 기회가 별로 없었거든! 더구나 나는 주의해서 살피는 사람이 아니지. 나와 관계없는 일은 바라볼 겨를이 없고 말이야. 내가 보기에는 네가 항상 줄리에트하고 함께 있어서 내가 그렇게 생각한 거야. 그 애는 꽤 예쁘고 명랑하지."

"네, 저는 지금도 그 애하고 잘 놀아요. 하지만 제가 좋아하는 건 알리사예요."

"좋아! 좋고말고! 그건 네 자유지. 너도 알다시피 나는 그 애를 거의 모르니까. 그 애는 동생보다 말수가 적지. 네가 그 애를 택한 데는 그만한 이유가 있다는 생각이 든다."

"그렇지만 이모님, 전 뭐 골라서 그녀를 사랑하는 건 아니에요. 그리고 그러한 이유 같은 건 생각해 보지도 않았어요."

"제롬, 그렇다고 화내지는 마라. 난 아무 악의 없이 네게 해본 말이니까. 정작 내가 하고 싶은 말은 네 말을 듣다가 그만 잊어버렸구나. 아 참! 물론 결혼까지 하게 되겠지. 그런데 너는 아직 상제니까 관례상 약혼할 수는 없을 거고……. 게다가 넌 아직 어리거든……. 내 생각으로는 어머니도 없이 너 혼자 퐁괴즈마르에 가는 것은 이상해 보일지도 모르겠다."

"그렇지만 이모님, 제가 여행하겠다고 말씀드린 것은 바로 그 때문인데요."

"그래 맞아, 그래서 애야. 내 생각으로는 내가 있는 것이 모든 게 순조로울 것 같다. 그래서 나는 이번 여름에는 약간의 시간을 낼 수 있도록 미리 조종해 두었단다."

"제가 부탁하면 미스 애쉬버튼이 기꺼이 와주실 겁니다."

"그분이 올 것이라는 건 나도 알고 있다. 하지만 그것만으로는 안 되거든! 나도 같이 가줄게. 오! 그렇다고 너의 엄마 노릇을 대신해 줄 생각은 없다."

이모는 갑자기 흐느끼며 덧붙였다.

"다만 집안일이나 맡겠다는 거지……. 결국 너도 너의 외삼촌도 알리사도 나를 거북하게 생각하지는 않을 테니까 말이다."

펠리시 이모는 자기가 함께 있는 결과에 대하여 잘못 생각하고 계셨던 것이다. 사실 우리는 이모 때문에 오히려 거북했다. 이모는 말씀하신 대로 7월이 되자 이미 퐁괴즈마르로 옮겨 왔고, 미스 애쉬버튼과 나는 이모 뒤를 쫓아왔다.

알리사를 도와 집안일을 한다는 구실로 이모는 그토록 조용했던 집 안을 계속 소란을 떨며 돌아다녔다.

우리들의 기분을 좋게 해주시느라고, 자기 말대로 만사를 순조롭게 하기 위해 서둘러 대는 과잉 친절이 너무 극성스러워서 알리사와 나는 이모 앞에서는 오히려 거북스럽고, 난 벙어리가 되기 일쑤였다.

이모는 당연히 우리가 너무 냉정하다고 느꼈을 것이다……. 또 설사 우리가 입을 다물고 있지 않을 때도 이모는 우리 사랑의 성격을 이해할 수 있었을 것인가?

줄리에트의 성격은 우리와는 반대로, 꽤 법석을 떠는 이모의 성격과 어느 정도 비슷했다. 그래서 이모가 막내 조카딸을 유난히 편애하는 것에 대한 약간의 불만이 이모에 대한 나의 정을 멀게 했는지도 모른다.

어느 날 아침 편지가 온 뒤에 이모가 나를 불렀다.

"제롬, 딱한 일이 생겼구나. 딸애가 어디가 아픈지 날 오라고 하는구나. 너를 두고 갈 수밖에 없을 것 같은데……."

공연한 생각에 사로잡힌 나는, 이모가 떠난 후에도

내가 퐁괴즈마르에 남아 있어도 좋을지 몰라 외삼촌을 찾아갔다. 그런데 내가 말을 꺼내기가 무섭게 외삼촌은.

' "누님은 극히 당연한 일을 왜 복잡하게 생각하는 것일까? 아니! 제롬, 넌 무엇 때문에 돌아가려 하니?" 하고 소리쳤다.

"너는 이미 내 자식이나 다름없단다."

이모는 퐁괴즈마르에 2주일밖에 계시지 않았다. 이모가 떠나자 집은 조용해졌다. 일종의 행복과도 같은 고요가 다시 이 집에 깃들였다. 어머니의 죽음은 우리의 사랑을 어둡게 하기는커녕 한층 더 짙게 만들었다. 단조롭게 계속되는 생활이 시작되었던 것이다. 소리가 아주 잘 울리는 곳에서처럼 우리 마음의 조그만 움직임까지도 서로 들을 수 있는 생활이었다.

이모가 떠나간 며칠 후 어느 날 저녁 식탁에서 우리는 이모 이야기를 하고 있었다. 지금도 생각난다.

"글쎄 야단스럽기도 하지!" 하고 우리는 말하였다.

"인생의 물결이 이모의 마음에 휴식을 좀더 줄 수는 없는 걸까? 아름다운 모습을 한 사랑이여, 네 그림자는 여기서 무엇이 되었느냐?"

괴테가 슈타인 부인을 말하다가 '이 영혼 속에 비친 세상의 그림자를 보는 것은 아름다운 것인가'라고 한 말을 생각했다. 그래서 우리는 금방 어떤 등급일지 모를 일종의 계급을 정했다. 관조(觀照) 생활력을 가장 높은 곳에 올려놓았다. 그때까지 잠자코 계시던 외삼촌이 쓴 웃음을 지으며 우리를 나무라셨다.

"얘들아, 설혹 망가져 있을지라도 하나님은 자기 모습을 알아보신다. 우리가 사람을 판단할 때 그 사람 일생의 어느 한 순간만을 가지고 판단하는 건 조심해야 한다. 너희들 마음에 들지 않는 우리 누님의 온갖 행동도 다 그럴 만한 이유가 있어 그러는 것이다. 그토록 좋은 성격도 늙어가면서 점점 나빠지지 않는다는 보상은 없단다. 너희들이 '펠리시 이모가 야단스럽다'라고 말하는 것도 처음에는 매력적인 쾌활함이나 과단성 있는 애교였지. 우리도 처음에는 지금 너희들과 별로 다를 게 없었다는 것을 단언할 수 있다. 나도 제롬, 너와 비슷했지. 아니 생각했던 것보다 더 닮았을지 모르지. 펠리시 누님은 줄리에트와 무척 닮았고 말이야. 그래 몸매까지. 그래서 나는 갑자기……." 하고 외삼촌은 자기 딸 쪽으로 몸을 돌리면서 덧붙였다.

"어떤 때는 너의 낭랑한 목소리를 들으면 너의 이모 생각이 난단다. 웃음도 너의 웃음과 같고. 그 후 곧 없어지긴 했지만, 너처럼 때로는 할 일 없이 앉아서 팔꿈치를 앞으로 내밀고 깍지낀 두 손 위에 이마를 얹고 가만히 있던 그 몸짓도 너와 같단다."

그때 미스 애쉬버튼이 나를 돌아보며 낮은 목소리로 말했다.

"너의 엄마를 연상시키는 사람은 알리사야."

그 해 여름은 근사했다. 모든 것에 창공의 푸른 빛이 스며드는 것 같았다. 우리의 열렬한 사랑이 불행과 죽음을 정복해 버렸다. 우리 앞에서는 그러한 그림자도 얼씬하지 못했다. 아침마다 나는 기쁨에 차서 눈을 떴다. 새벽마다 일어나서 해뜨는 것을 보려고 밖으로 뛰어나갔다.

……그때를 회상하면 이슬이 흠뻑 덮인 아침이 눈에 선하다. 밤늦도록 잠을 자지 않고 앉아 있는 언니보다 늘 일찍 일어나는 줄리에트는 나와 함께 곧잘 정원에 내려갔다. 줄리에트는 자기 언니와 나 사이의 심부름꾼 노릇을 하고 있었다.

나는 줄리에트에게 우리의 사랑 이야기를 한없이 들려주었다. 그러면 줄리에트도 지루해하지 않고 나의 이야기를 듣고 있었다. 나는 사랑에 벅차 그 앞에서는 두렵기만 하고 거북해져서 알리사에게는 감히 하지 못하는 말을 줄리에트에게는 했다. 알리사는 그것을 잘 알고 있었다. 우리의 이야기라면 언제나 자기에 관한 것임을 알고 그러는지, 모르고 그러는지 알 수 없지만, 어쨌든 내가 자기 동생에게 쾌활하게 말하는 것을 좋아했고, 미리 대비하고 있는 것 같았다.

오 사랑의 미묘한 감정이여! 벅찬 사랑의 감정이여, 너는 어떤 비밀 통로를 통하여 웃음에서 눈물로 다시없는 순수한 기쁨에서 미덕의 요구로 우리를 이끌어 가는 것인가?

여름은 그토록 맑고 미끄럽게 지나가 버려 지나간 나날들을 나는 이젠 기억할 수 없다. 기억나는 것이라고는 기껏 대화와 독서뿐이다.

"나는 슬픈 꿈을 꾸었어." 하고 방학이 끝나 갈 무렵 어느 날 아침 알리사가 내게 말했다.

"나는 살아 있는데 네가 죽어 있잖아? 아니야, 난 네가 죽는 걸 본 것은 아니야. 바로 네가 죽어 있는 걸 보았단 말이야. 얼마나 끔찍했겠니? 네가 이 세상에 없다는 것은 상상할 수도 없는 일이야. 우리는 서로 헤어져 있었어. 그러나 너를 찾아가서 만날 수 있는 방법이 있을 것같이 느껴졌어. 어떻게 할까 하고 무척 애를 태우다 그만 잠이 깨고 말았지 뭐. 오늘 아침까지도 난 꿈꾸고 있는 것 같았어. 계속해서 꿈꾸는 것처럼 말이야. 아직도 나는 너와 떨어져 있고, 어쩐지 너와는 오랫동안 떨어져 있을 것만 같아."

그리고 아주 나직하게 덧붙였다.

"일생 동안, 그래, 일생 동안 무척 애를 태워야 할 것만 같아."

"왜?"

"우리 둘이서 서로 만나기 위해서는 우린 각자 노력해야 해."

나는 알리사의 말을 중요시하지 않았다. 아니 어쩌면 진정으로 생각하는 것이 두려웠는지도 모른다. 마치 그 말에 항의라도 하듯이 내 가슴은 몹시 뛰었고 불쑥 용기를 내어 나는 이렇게 말했다.

"그런데 난 오늘 새벽에 내가 누나와 결혼하는 꿈을 꾸었어. 너무나 강하게 결합되어서 죽음 이외에는 아무 것도 우리를 떼어 놓을 수 없는 그런 결혼 말이야."

"너는 죽음이 헤어지게 할 수 있다고 믿니?" 하고 그녀는 대꾸했다.

"내 말은……."

"나는 그와 반대로 죽음은 결합시킬 수 있다고 생각해. 그래, 살아 있는 동안 헤어져 있는 것을 결합시킨단 말이야."

이 모든 말은 우리 마음속에 너무도 깊이 스며들어 나는 아직도 그 말의 억양까지 귓전에 들리는 것만 같다. 그렇지만 나는 뒤늦게야 비로소 우리들의 대화의 중요성을 깨달았다.

　여름은 가버렸다. 벌써 밭들은 텅 비어 있었다. 전답 위로 보이는 전망은 아무런 희망도 없이 펼쳐져 있을 뿐이었다. 내가 떠나기 전날, 아니 전전날 저녁에 나는 줄리에트와 함께 아름다운 작은 숲 쪽으로 내려갔다.
　"어제 알리사에게 무엇을 낭송해 주었지?" 하고 줄리에트가 물었다.
　"언제 말야?"
　"이 회암갱 벤치에서 말이야. 두 사람만 남겨 두었을 때."
　"아! 보들레르의 시였을 거야, 아마."
　"어떤 시인데? 내게는 들려주면 안 돼?"

　'불원간 우리는 차디찬 어둠 속에 잠기어서' 나는 마지못해 낭송하기 시작했다. 그러나 줄리에트는 이내 내가 낭송하는 것을 받아 여느 때와는 달리 약간 떨리는 목소리로 그 뒤를 암송했다. '잘 가라, 너무도 짧은 우리 여름의 강한 빛이여!'
　"너도 그 시를 알고 있었구나?"
　나는 정말 놀라서 소리쳤다.
　"나는 네가 그 시를 좋아하지 않는 줄 알았지."
　"그건 왜? 내게는 그 시를 암송해 주지 않으니까?"

줄리에트는 웃으면서 말했다. 하지만 약간 어색했다.

"제롬은 가끔 나를 바보라고 생각하나 봐."

"똑똑한 사람도 시를 좋아하지 않을 수도 있거든. 난 한 번도 네가 시를 읽는 것을 들어 보지 못했고, 넌 내게 시를 읽어 달라고 한 적도 없잖아?"

"알리사가 그 일을 독차지하고 있으니까……." 줄리에트는 잠시 입을 다물고 조용히 있다가 느닷없이 물었다.

"모레 떠나니?"

"그래, 떠나야지."

"이번 겨울에는 무엇을 할 작정인데?"

"고등학교 일 학년이 되지."

"알리사와 결혼은 언제 하는 거지?"

"병역을 마치기 전엔 안 될 거야. 또 그 후에 내가 무엇을 하게 될지 알기 전에는 안 될 거야."

"그럼 아직도 그것을 모른단 말야?"

"아직은 알고 싶지가 않아. 흥미 있는 게 너무 많거든. 어떤 것이든 선택하지 않으면 안 될 시기를 될 수 있으면 늦추고 싶어. 그것만을 위해서 일할 시기를 말이야."

"그럼 약혼을 늦추는 것도 오빠의 몸이 매일까 봐 두려워서 그러는 거야?"

나는 대답하지 않고 어깨만 으쓱했다.

줄리에트는 계속 추궁했다.

"그럼 무엇 때문에 약혼을 망설이는 거야? 왜 곧 결혼하지 않는 거야?"

"이것 봐, 꼭 약혼해 두어야 할 이유가 뭐지? 세상 사람들에게 알리지 않고도 우리는 함께 있고, 그리고 언제까지나 둘이 있다는 것만 서로 알고 있으면 되잖아? 내 인생을 온통 알리사를 위해 바칠 거야. 그런데도 너는 나의 사랑을 약혼으로 묶어 두는 것이 더 아름답다고 생각하니? 나는 그렇게는 생각하지 않아. 맹세라는 것은 내게는 사랑에 대한 모독으로 보이거든. 내가 알리사를 의심하지 않는 한 나는 약혼하고 싶지 않아."

"내가 못 믿는 건 언니가 아니라구."

우리는 천천히 걷고 있었다. 내가 전에 본의 아니게 알리사와 그녀의 아버지가 나누던 대화를 엿들었던 정원의 그 지점에 우리는 와 있었다. 그래서 아까 정원으로 나가는 것을 본 알리사가 어쩌면 그 원형 광장에 앉아 우리 말을 역시 듣고 있을지도 모른다는 생각이 갑자기 들었다. 그러자 알리사에게 감히 말하지 못했던 것을 들려줄 수도 있다는 생각이 순식간에 내 마음을 사로잡았다. 이러한 내 연극에 신이 난 나는 소리를 높여 "오!" 하고 내 나이 또래에게서 흔히 볼 수 있는 과

장된 감격 조로 외쳤다. 그리고 나는 내 말에 너무 주의를 쏟은 나머지 줄리에트를 통하여 알리사가 하지 못한 이야기를 알아낼 수 없었다.

"오! 사랑하는 사람의 영혼 위에 몸을 굽혀 들여다보면서 마치 거울을 들여다보듯이 그 영혼 속에 비친 자신의 모습을 볼 수만 있다면! 우리 자신의 마음속처럼 다른 사람의 마음을 잘 파악할 수만 있다면! 그 애정 속에는 얼마나 큰 평온이 있을 것인가? 그 사랑은 얼마나 순수할까?"

나는 어리석게도 줄리에트가 당황하는 것을 보고, 그것을 보잘것없는 내 시적 말투의 효과로 생각했다. 줄리에트는 갑자기 머리를 내 어깨에 파묻었다.

"제롬! 제롬! 언니를 행복하게 해줘야 해! 만약 오빠 때문에 언니가 괴로워한다면 난 오빠를 미워할 테야."

"하지만 줄리에트."

하고 나는 그녀의 이마를 들어올리면서 소리쳤다.

"나도 나 자신을 미워할 거야. 네가 내 마음을 알아준다면! 하지만 내가 내 앞날을 아직 결정하고 싶지 않은 것도 알리사와 함께 나의 생을 시작하고 싶기 때문이야! 나의 모든 장래는 알리사에게 달려 있어! 알리사 없이도 될 수 있는 것이라면 난 되고 싶지 않단 말이야."

"그렇게 말하니까 언니가 뭐라고 그래?"

"그렇지만 난 결코 알리사에게 그런 말은 하지 않아! 절대로. 우리가 아직 약혼을 하지 않는 것도 바로 그 때문이야. 우리 사이에는 결혼이란 절대로 문제가 아니고 결혼 후 우리가 할 일도 마찬가지야. 오, 줄리에트! 알리사와의 생활이 내게는 너무 아름다워 보여서 감히 나는……. 넌 내 말을 이해할 거야. 내가 감히 알리사에게 결혼에 대해 말하지 못하는 것 말야."

"행복으로 언니를 기습하겠다는 거지?"

"아니야, 그건 아니야! 하지만 나는 두려워. 알리사가 겁을 먹을까 봐, 알겠어? 내가 노리고 있는 이 어마어마한 행복이 알리사를 겁나게 할까 봐 두려운 거야! 어느 날 나는 알리사에게 여행하고 싶지 않느냐고 물어 봤었지. 알리사는 전혀 원치 않는다고 말했어. 다만 그런 나라들이 있고 아름답고 다른 사람들이 그곳에 갈 수 있다는 것을 아는 것으로 자기는 충분하다고 말했어."

"제롬, 오빠는 여행하고 싶어?"

"어디든지! 인생 자체가 긴 여행처럼 보이거든. 알리사와 함께 책을 통하여 온갖 사람들과 나라들을 구경하고 싶어. 너는 '닻을 올리다'라는 말이 무엇을 의미하는지 생각해 본 적이 있니?"

"그럼, 가끔 생각해 봐."

하고 줄리에트는 중얼거렸다.

　그렇지만 줄리에트의 말을 귓등으로 듣고, 마치 상처입은 가엾은 새처럼 그녀의 말이 땅에 떨어지도록 내버려 둔 나는 말을 계속했다.

"밤에 출발하고, 눈부신 새벽에 잠을 깨고, 불안한 파도 위에 단둘이 서 있다."

"그리고 아주 어렸을 적에 지도 위에서 보았던 어느 항구에 도착하겠지. 모든 게 낯선 곳에, 나는 오빠 팔에 기댄 알리사와 함께 선교(船橋) 위에 있는 오빠를 상상해 보고 말이야."

"우리는 재빨리 우체국에 가겠지."

나는 웃으면서 덧붙였다.

"줄리에트가 우리에게 보낸 편지를 찾기 위해서."

"줄리에트가 퐁괴즈마르에서 부친 편지 말이지. 아마 그곳이 무척 작고 쓸쓸하고 아주 까마득하게 생각될 거야."

　이 말이 정말 줄리에트의 말이었을까? 그렇다고 단언할 수가 없다. 왜냐하면 이미 말했듯이 나는 너무나 사랑으로 벅차 있었기 때문에, 사랑의 속삭임 이외에는 아무것도 귀에 들어오지 않았으니까. 우리는 원형 광장 가까이까지 왔다. 우리가 막 발걸음을 돌리려고 할 때였다. 갑자기 그늘에서 알리사가 나타났다. 알리사의 얼굴이 너무 창백해 줄리에트가 소리를 지를 뻔했다.

"사실 왜 그런지 기분이 좋지 않아."

하고 알리사가 낮은 목소리로 재빨리 중얼거렸다.

"공기가 차서 들어가 봐야겠어."

그러고는 이내 우리 곁을 떠나 바쁜 걸음으로 집으로 돌아갔다.

"우리가 말한 걸 들었을 거야." 하고 줄리에트는 알리사가 조금 떨어지자 소리쳤다.

"우리는 알리사가 기분 상할 말은 한마디도 하지 않았는걸. 오히려 그 반대지."

"나도 가야겠어."
하고는 줄리에트도 언니 뒤를 쫓아가 버렸다.

그날 밤 나는 잠을 이루지 못했다. 알리사는 저녁 식사 때 잠깐 나타났다가는 머리가 아프다면서 식사 후 이내 들어가 버렸다. 우리의 대화 중에서 무슨 말을 들었을까? 내가 한 말을 나는 불안스레 돌이켜 생각해 보았다. 그러고는 줄리에트와 너무 바싹 붙어 걸은 것이, 팔을 줄리에트 몸에 두르고 있었던 것이 잘못이 아니었나 생각했다. 그렇지만 그것은 어릴 때부터의 나의 버릇이었다. 또 알리사는 이미 여러 차례 우리가 그렇게 하고 걷는 것을 보아 왔다.

아! 내가 그렇듯 귀담아 듣지도 않았고, 제대로 기억조차 나지 않는, 그러나 알리사는 아마 더 잘 들었을지도 모르는 줄리에트의 말은 잠시도 생각해 보지 않고 나의 잘못만 더듬어 찾고 있다니 나는 얼마나 슬픈 장님인가? 하는 수 없지! 불안에 마음은 흩뜨려지고, 알리사가 날 의심할지도 모른다는 걱정에 사로잡혀 다른 위험 같은 것은 생각하지도 않고 나는 결심했다.

줄리에트에게는 그 말을 할 수 있었음에도 불구하고, 아니 어쩌면 줄리에트가 내게 한 말에 마음이 움직여서 나는 나의 염려와 걱정을 그만두기로 하고, 다음날 알리사와 약혼하기로 결심했던 것이다.

그날은 내가 출발하기 바로 전날이었다. 나는 알리사의 슬픔은 그 일 때문이라고 생각하고 있었다. 알리사는 나를 피하는 것 같았다. 단둘이 만나지도 못한 채 날은 지나갔다. 알리사에게 말도 해보지 못한 채 떠나게 될지도 모른다는 두려움 때문에 저녁 식사 조금 전에 나는 알리사의 방에 가보았다. 알리사는 산호 목걸이를 걸려고 문 쪽으로 등을 돌리고, 불 켜진 초 두 자루 사이에 있는 거울 속을 어깨 너머로 들여다보면서 두 팔을 들고 앞으로 몸을 숙이고 있었다. 알리사가 나를 본 것은 거울 속에서였다. 그녀는 나를 돌아보지 않은 채 그대로 잠시 동안 나를 바라보고 있었다.

"저런! 문이 열려 있었나?"

하고 알리사는 말했다.

"노크를 해도 대답이 없던걸. 알리사, 내일 내가 떠나는 걸 알고 있어?”

알리사는 아무 대답도 하지 않았다. 그저 클립을 걸지 못한 채 목걸이를 벽난로 위에 놓을 뿐이었다. ‘약혼’이라는 말이 너무 노골적이고 너무 꾸밈없는 말 같아 그 대신 어떤 완곡한 표현법을 나도 모르게 사용했다. 알리사는 내 말의 뜻을 알아차리자 아찔해진 듯 비틀거리더니 벽난로 위에 몸을 기대었다. 하지만 나 자신도 몸이 몹시 떨려서 알리사를 바라볼 수가 없었다.

나는 그녀 곁에 있었다. 나는 눈을 들지도 못한 채 알리사의 손을 잡았다. 알리사는 뿌리치지 않았다. 그러나 약간 얼굴을 숙이고 내 손을 조금 들어올리며 그 위에 입술을 갖다 대고는 내게 약간 몸을 기대며 나직이 말했다.

“아니야, 제롬, 아니야, 제발 약혼은 하지 마.”

나의 심장은 마구 뛰었고 알리사도 그것을 느꼈을 것이다. 알리사는 더욱 다정하게 말을 이었다.

“아직은 안 돼.”

그래서 내가 알리사에게 ‘왜’ 하고 그 이유를 묻자,

“나야말로 그 이유를 묻고 싶어. 왜 이대로는 안 되지?”

나는 알리사에게 전날 밤의 이야기를 하지 못했다. 그러나 알리사는 그것을 깨달았을 것이다. 내가 생각하고 있는 것을 말이다. 마치 나의 생각에 답하려는 듯 알리사는 나를 똑바로 쳐다보면서 말했다.

"넌 잘못 생각하고 있어. 나는 그처럼 굉장한 행복 같은 건 필요 없어. 우리는 이대로 행복하잖아?"

알리사는 애써 미소를 지으려 했으나 소용없었다.

"아니야, 난 지금 너를 떠나야만 하거든."

"들어 봐, 제롬, 난 오늘 저녁 너하고 이야기할 수 없어. 우리의 마지막 시간을 망쳐 놓지 말자구……. 안 돼, 안 돼, 나는 여전히 너를 사랑하고 있어. 안심해. 편지할게. 그리고 그 이유도 설명할게. 내일부터라도 아니 네가 떠나가자마자 곧 편지 쓸 것을 약속해도 좋아. 지금은 가봐! 이런, 내가 울고 있네……. 나를 내버려 둬."

알리사는 나를 살며시 밀어 자기한테서 떼어 놓았다. 이것이 우리의 작별이었다. 그날 저녁 나는 알리사에게 아무 말도 하지 못했고, 이튿날 내가 떠날 때도 알리사는 자기 방에 파묻혀 있었으니까 말이다. 나를 태운 마차가 멀어져 가는 것을 바라보면서 창문에서 작별 인사를 하는 알리사를 나는 보았다.

Ⅲ

　나는 그 해에 아벨 보티에를 거의 만나지 못했다. 그는 징집 영장이 나오기 전에 지원 입대를 했고, 한편 나는 수사 학급(프랑스 중·고등학교의 최고 학년)에 재수강하면서 대학입시 준비를 하고 있었기 때문이다. 아벨보다 두 살 아래인 나는 그 해 우리 둘이 함께 들어가기로 되어 있던 고등사범학교를 졸업할 때까지 병역을 보류해 두었던 것이다.

　우리는 서로 반갑게 다시 만났다. 그는 제대하자 한 달 남짓 여행을 했다.

　나는 그가 변하지 않았을까 걱정했다. 그러나 그는 더 자신만만해졌을 뿐만 아니라 그 매력은 하나도 잃지 않고 있었다. 우리가 뤽상부르 공원에서 같이 보낸 개학 전날 오후 나는 내 비밀을 더 이상 지니고 있을 수 없어 그만 나의 사랑 이야기를 그에게 자세히 말해 버렸다. 그것은 그도 이미 알고 있었던 일이다. 그 해에 그는 여자 관계를 약간 경험했기 때문에 다소 뽐내는 듯한 우월감을 가진 듯했지만 그것이 내 기분을 상하게 하지는 않았다. 그는 여자들을 침착하게 내버려 두어서는 결코 안 된다는 것을 공리로 내세우면서 내가 자기 말대로 결말을 낼 줄은 몰랐다며 놀려댔다. 나는 그가 자기 멋대로 떠들게 내버려 두었다. 하지만 나는 그의 그럴 듯한 이론도 나와 알리사에게는 맞지 않으며, 그가 우리를 잘 이해하지 못하고 있음을 나타내는 것이라고 생각했다.

우리가 도착한 다음날 나는 이런 편지를 받았다.

사랑하는 제롬

나는 네가 꺼낸 말을 곰곰이 생각해 봤어(내가 꺼낸 말! 약혼을 이렇게 부르다니!). 너보다 나이가 많다는 게 나는 겁이 나. 너는 아직 다른 여자를 알 기회가 없었으니까 아마 그렇게 생각하지 않을지 모르지만, 네게 나를 바친 후에 내가 네 마음에 들지 않게 된다면 나중에 가서 나는 괴로워할 것 같은 생각이 들어. 이 편지를 읽으면서 아마 너는 화를 낼 거야. 부정하는 너의 항의가 들려오는 것만 같아. 하지만 나는 네가 인생을 좀더 알게 될 때까지 기다려 주기 바랄 뿐이야.

여기에 내가 이런 말을 하는 것도 모두 제롬, 너를 위해서라는 것을 이해해 줘. 왜냐하면 나로서는 도저히 너를 사랑하지 않을 수 없다는 것을 난 굳게 믿고 있으니까 말이야.

알리사

우리가 서로 사랑하기를 그만둔다! 하지만 이런 것이 새삼스럽게 문제가 될까? 나는 슬프기보다는 오히려 놀랐다. 나는 너무 당황해서 이 편지를 아벨에게 보여 주려고 곧장 달려갔다.

"그래 너는 어떻게 할 작정이냐?"

그는 내 편지를 읽고 나서 고개를 흔들며 입술을 굳게 다문 채 말하였다. 나는 불안과 절망 끝에 다만 두 팔을 들었다.

"글쎄, 어쨌든 답장은 하지 않기를 바라네! 여자와 말다툼을 시작하면 끝장이니까……. 이봐, 토요일 밤을 르 아브르에서 자면, 일요일 아침에는 퐁괴즈마르에 갈 수 있지. 그리고 월요일 첫 강의 시간까지 여기에 돌아올 수 있잖아. 나는 입대 후로 너의 친척들을 다시 만나지 못했으니 이것은 떳떳한 구실이고 또 내 체면도 서는 셈이거든. 설사 알리사가 이것을 핑계로만 여긴다 해도 괜찮아! 네가 알리사와 이야기를 하는 동안, 나는 줄리에트를 맡지. 어린아이 같은 짓을 해서는 안 돼. 사실 네 이야기 가운데는 내가 잘 이해할 수 없는 점이 있단 말이야. 아마 나한테 모든 이야기를 하지 않은 모양이야. 하지만 상관없어! 내가 모든 것을 알아낼 테니까……. 무엇보다 우리가 간다는 것을 알리지 말게. 네 사촌 누나를 기습해서 무장할 틈을 주지 않도록 해야 하거든."

정원 울타리 문을 열면서 가슴이 마구 뛰었다. 줄리에트가 우리를 맞으려고 금방 달려나왔다. 알리사는 속옷들을 손질하며 재빨리 내려오지도 않았다. 우리가 별안간 도착한 데 대해 당황했겠지만 그런 내색은 비치지 않았다. 그래서 나는 아벨이 한 말이 생각났고, 알리사가 그토록 오랫동안 나타나지 않았던 것은 바로 나에 대한 무장을 하기 위해서였다고 생각했다.

줄리에트가 신바람을 내는 바람에 알리사의 조심성이 한결 쌀쌀하게 보였다. 나는 알리사가 내가 돌아온 것을 못마땅하게 여긴다는 것을 눈치챌 수 있었다. 적어도 알리사는 비난하는 기색을 보이려고 애쓰고 있었으며, 그래서 나는 그 이면에 좀더 뚜렷한 감동이 숨어 있는지 어떤지를 감히 탐색해 볼 수가 없었다.

우리와는 멀찌감치 떨어져 유리창가의 한구석에 앉은 알리사는 자수에 온통 정신을 쏟고 있는 듯이 입술을 움직이며 바늘 코를 세고 있었다. 아벨은 계속 이야기를 하고 있었다. 다행이었다. 왜냐하면 나는 말할 기력도 없어, 그의 군대 생활이나 여행 이야기가 없었더라면 이번 재회의 첫 순간부터 우울해졌을 것이기 때문이다. 외삼촌까지도 유난히 걱정스러워 보였다.

점심 식사가 끝나자마자 줄리에트가 나를 불러내어

정원으로 끌고 나갔다.

"도대체 어찌된 영문인지 몰라, 내게 청혼한 사람이
있으니!"

줄리에트는 우리 단둘이 되자 큰 소리로 말했다.

"펠리시 고모님이 어제 아빠에게 편지를 보내 님에서
온 포도 재배인의 청혼을 통보해 왔어. 사람은 무척 호
인인가 봐. 고모님 말로는 지난 봄에 사교계에서 날 몇
번 만나 보고 내가 맘에 들었다나 봐."

"그럼 넌 그 사람에 대해 알고 있었니?"

나는 그 청혼자에 대하여 일종의 적의를 가지고 물었다.

"그럼, 누군지 잘 알고 있어. 호인다운 돈 키호테라고
나 할까. 교양은 없고 지독히 못생기고 무척 천하고 게
다가 우스꽝스럽지. 그래서 그 앞에서는 고모님도 점잖
게 대할 수가 없었다는 그런 사람이야."

"그런 사람하고 잘 될 것 같아?"
하고 나는 놀리는 투로 말했다.

"이것 봐, 제롬, 농담하지 마! 장사꾼이야! 오빠가 그
를 보았으면 그런 질문은 하지 않을 거야."

"그럼…… . 외삼촌은 뭐라고 회답하셨지?"

"내가 대답한 대로 결혼하기에는 아직 너무 어리다고
했지. 그런데 곤란하게도 말야."
하고 줄리에트는 웃으면서 말을 계속했다.

"고모님의 다음 편지에 반대할 건 이미 짐작한 바고, 그의 이름은 에두아 테시에르이며 기다려도 좋으니, 그저 '후보자 명단에 끼여들기' 위해 당장 이름을 올려 둔다고 써 있었어. 어처구니없는 일이야. 그런데 난 어떻게 하면 좋지? 너무 못생겼다고 말할 수도 없고!"

"그럴 수는 없지. 그럼 포도 재배인과는 결혼하고 싶지 않다고 하지 그래."

줄리에트는 어깨를 으쓱했다.

"그건 고모님 사고방식에는 통하지 않는 이유인걸? 이 이야기는 그만두자. 그런데 알리사가 편지했지?"

줄리에트는 쉬지 않고 말했고 매우 흥분하고 있는 것 같았다. 나는 줄리에트에게 알리사의 편지를 내밀었다. 그랬더니 얼굴이 빨개지면서 그 편지를 읽었다. 나는 줄리에트가,

"그럼 어떻게 할 작정이지?"

하고 내게 물었을 때, 그녀의 목소리가 화가 난 어조라는 것을 알 수 있었다.

"나도 이젠 모르겠어."

하고 나는 대답했다.

"막상 내가 여기 와보니, 편지로 하는 게 훨씬 더 쉬웠을 것같이 생각돼. 나는 여기에 온 걸 벌써부터 후회하고 있어. 알리사가 무엇을 말하려 했는지 너는 알겠니?"

"언니는 제롬을 자유롭게 해주고 싶어하는 거야."

"그렇지만 내가 나의 자유에만 집착하고 있나? 언니가 왜 내게 그 말을 적어 보냈는지도 알겠니?"

줄리에트는 모른다고 대답했다. 그 대답이 너무나 쌀쌀해 나는 진상은 파악할 수 없었지만, 적어도 줄리에트가 그걸 모르고 있는 것은 아니라는 것을 그 순간 확신했다. 이어 우리가 걸어오던 오솔길 모퉁이에서 갑자기 줄리에트는 발길을 돌렸다.

"이젠 가봐야겠어. 나하고 얘기하러 온 것은 아니잖아. 우리는 너무 오래 같이 있었어."

줄리에트는 집을 향해 뛰어가 버렸다. 그리고 잠시 후에 나는 그 애가 피아노 치는 소리를 들었다. 내가 응접실에 들어갔을 때 그 애는 계속 피아노를 치고 있었으나 이제 싫증이 난 모양인지 되는 대로 즉흥적으로 치면서 그곳에 있는 아벨하고 이야기하고 있었다. 나는 그들을 남겨 놓고 나왔다. 그리고 알리사를 찾기 위해 정원을 꽤 오랫동안 헤매었다.

알리사는 과수원 가운데 담 아래에서 너도밤나무 낙엽 냄새에 섞여 풍기는 처음 핀 국화꽃을 꺾고 있었다. 공기는 가을 기운으로 가득 차 있었다. 이제는 태양이 과수원을 겨우 비춰 줄 만큼 햇살이 약했다. 그러나 하늘은 동녘 하늘처럼 맑았다. 알리사의 얼굴은 아벨이 여행 선물로 사다 준 겔랑데스(네덜란드 서남부의 주 이름)식 커다란 모자를 쓰고 있어 거의 가려져 있었다. 알리사는 내가 다가서자 처음에는 돌아서지 않았다. 그러나 알리사가 감정을 억누르지 못하고 몸을 약간 소스라치는 것으로 보아 분명히 내 발소리를 들었다는 것을 짐작케 했다. 그래서 나는 알리사의 꾸짖음과 나를 압도할 준엄한 시선에 대비하여 몸을 단단히 도사리고 용기를 냈다. 그러나 내가 그녀에게 꽤 가까이 가서, 두려움에 벌써 나의 발걸음을 늦추었을 때, 처음에는 나를 향해 고개도 돌리지 않고 마치 토라진 아이처럼 고개를 숙인 채 나를 오라는 듯이 알리사는 꽃으로 가득 찬 손을 나를 향해 거의 뒤로 내밀었다. 그러나 이번에는 반대로 이러한 태도에 장난으로 내가 멈추어 서자, 알리사는 마침내 돌아서서 얼굴을 들고 나를 향해 몇 걸음 걸어왔다. 얼굴에는 미소를 띠고 있었다. 알리사의 눈길에 조바심이 풀려서 내게는 모든 것이 갑자기 단순하고 쉽게 생각되었다. 그래서 여느 때와 다름없는 목소리로 말문을 열 수 있었다.

"나를 오게 한 건 네 편지야."

"나도 그런 줄 알고 있어."

하고 알리사는 말했다. 그러고는 바늘같이 예리한 책망을 목소리의 억양으로 조금 무디게 하면서,

"그래서 나는 화가 난 거야. 내가 말한 것을 너는 왜 나쁘게만 생각하는 거지? 극히 단순한 걸 가지고……. (그렇게 보면 순풍과 갈등은 사실 나 자신이 꾸며 댄 것에 지나지 않는 것처럼 여겨졌다. 그리고 내 마음속에만 있었던 것 같았다) 우리는 이대로가 행복하단 말이야. 그리고 내가 네게 분명히 말했지만, 네가 그 방법을 바꾸자고 제의했을 때 내가 거절한 것에 대해 왜 그렇게 놀라느냔 말이야?"

사실이었다. 나는 알리사 곁에서 행복을 느꼈고, 너무도 행복해서 나의 생각들이 알리사의 생각과 조금도 다름이 없도록 만들기 위해 애썼던 것이다. 그래서 나는 알리사의 미소 이상의 것을 아무것도 바라지 않으며, 이렇게 알리사의 손을 잡고 꽃이 피어 있는 따뜻한 오솔길을 함께 걷는 것 이상의 것은 아무것도 더 바라지 않았다.

"네가 이대로를 더 좋아한다면……."

나는 단번에 다른 모든 희망을 체념하고 이 순간의 완전한 행복에 몸을 내맡기면서 신중하게 알리사에게 말했다.

"이대로가 좋다면 우리의 약혼을 그만두기로 해. 네 편지를 받고 나는 정말 행복하다는 것과 동시에 이젠 행복하지 않게 된다는 것을 분명히 알게 되었어. 오!

내가 가졌던 그 행복을 돌려줘야 해. 그렇지 않고는 나는 못 살아. 나는 일평생 너를 기다릴 만큼 사랑하고 있어. 하지만 네가 나를 사랑하지 않게 되거나, 나의 사랑을 의심하거나 하는 것은, 알리사, 그런 것은 생각만 해도 참을 수 없단 말이야."

"제롬, 내가 어떻게 의심할 수 있겠어?"

이렇게 말하는 알리사의 목소리는 조용했고 어딘가 쓸쓸했다. 하지만 알리사를 빛내고 있는 미소가 너무 맑고 아름다웠기 때문에 나는 자신의 염려와 항의가 부끄러워졌다. 그러고 보니 알리사의 목소리에서 느낄 수 있었던 그 슬픔의 여운도 내 염려와 항의에서 비롯된 것처럼 여겨졌다. 아닌 밤중에 홍두깨 격으로 나는 불쑥 나의 계획과 연구, 내가 무척 기대를 걸고 있는 새로운 형태의 생활에 대하여 이야기하기 시작했다. 그 당시의 고등사범학교는 최근에 바뀐 것과는 달랐다. 규율이 꽤 엄하기는 했지만 게으르거나 탈선자들에게는 힘에 겨웠으며, 부지런하고 의지로 노력할 것을 가르쳤다. 학교 생활은 나에게 별흥미를 주지 않았지만 알리사가 세상을 두려워한다면 나도 곧 염증이 생길 이 세상으로부터, 거의 수도원적인 판에 박힌 생활이 나를 보호해 주고 있어 다행이었다. 미스 애쉬버튼은 파리에서 맨 처음 어머니와 함께 지내던 아파트에서 그냥 살고 있었다. 파리에서는 그녀 외에 아무도 아는 사람이 없어, 아벨과 나는 일요일이면 그녀의 곁에서 몇 시간을 보내곤 하였다. 알리사에게 편지를 써보내어 알리사로 하여금 나의 생활에 대해서 모르는 것이 하나도 없게 해줄 셈이다.

우리는 지금 마지막 열매를 따버린 오이의 굵은 줄기가 제멋대로 벗어나 있는 뚜껑이 열린 온실 유리창 틀에 걸터앉아 있었다. 알리사는 내 말을 들으며 내게 묻곤 했다. 나는 여태까지 이처럼 주의 깊은 알리사의 온정과 이처럼 절실한 사랑을 한 번도 느껴 본 적이 없었다. 두려움도 걱정도, 극히 가벼운 불안까지도 알리사의 미소 속에서 마치 한껏 푸른 하늘에 안개가 사라지듯 없어지고 그토록 매력적인 친밀감 속에 흡수되는 것이었다.

이윽고 줄리에트와 아벨이 우리와 합세하여, 너도밤나무 벤치에서 우리는 스윈번의 ≪시간의 승리≫를 돌려 가며 한 구절씩 번갈아 읽으며 그날의 마지막 시간을 보냈다. 이윽고 저녁이 되었다.

"자!"

하고 우리가 막 출발하려는 순간 알리사는 내게 키스하면서 말했다. 절반은 장난으로 그렇지만 누나다운 태도로. 어쩌면 나의 어색한 행동이 알리사로 하여금 그렇게 하게 했고 알리사는 기꺼이 응했다.

"자, 이제부터는 이런 엉뚱한 짓은 하지 않겠다고 약속하는 거야."

"어떻게 했니? 약혼은 했어?"
단둘이 남자마자 아벨이 물었다.
"이것 봐, 그런 건 이젠 문제가 되지 않아."
나는 다른 질문을 딱 잘라 버릴 듯한 어조로 곧 덧붙여 대답했다.
"그리고 이대로가 훨씬 낫지. 나는 오늘 저녁만큼 행복한 적이 없었어."
"나도 그래."
하고 그는 외쳤다. 그는 갑자기 내 목을 껴안으며 말했다.
"근사하고 놀라운 이야길 해줄까? 제롬, 나는 줄리에트에게 홀딱 반했어! 물론 작년에도 약간 그렇게 생각했지만. 나는 그 후 세상 경험도 쌓았고 너의 사촌 누이들을 다시 만나 보기 전에는, 네게도 아무 말 하지 않으려고 했어. 그런데 이제 다 결정된 셈이야. 내 생은 정해졌어. 나는 사랑해, 사랑한다기보다, 나는 줄리에트를 숭배해."
"오래 전부터 어쩐지 나는 네가 의형제 같다는 생각이 들었어."

그러고는 웃고 장난하면서, 그는 팔을 펴서 힘껏 나를 껴안기도 하고, 파리로 우리를 싣고 가는 기차의 쿠션 위에서 어린애처럼 뒹굴었다. 나는 그의 고백을 듣고 정말 온통 숨이 막혔다. 그 말 속에 약간 섞여 있으리라 생각되는 말의 과장 때문에 나는 다소 거북스러웠다. 하지만 이 같은 격정과 기쁨에 대항할 방법이 뭐가 있겠는가?

"결국 어떻게 되었니? 이야기했어?"

하고 나는 그에게 감정 발산의 틈을 타서 간신히 물어보았다.

"천만에! 천만에."

하고 그는 소리쳤다.

"나는 역사의 가장 매력적인 장(章)을 불살라 버리고 싶진 않아. 사랑의 가장 좋은 순간은 '너를 사랑해' 하고 말하는 그때가 아니다…… (쉴리 프뤼돔의 시 〈사랑의 가장 아름다운 순간〉의 첫머리) 자! 이 느림보 선생! 날 나무라지는 않겠지?"

"그런데……."

하고 나는 약간 초조하게 말을 계속했다.

"줄리에트는 너를 어떻게 생각하지?"

"그러니까 너는 그녀가 나를 다시 보았을 때 당황하는 것을 몰랐단 말이지! 우리가 있는 동안 줄곧 안절부

절못하고 얼굴이 새빨개지고 그렇게 수다만 떨어대는 데두 말야! 아니, 너는 물론 아무것도 눈치채지 못했을 거야. 알리사에게만 온통 정신이 팔려 있었으니까. 줄리에트가 얼마나 질문 공세를 폈다구! 게다가 내 말을 얼마나 열심히 들었다구! 확실히 지난 일 년 동안에 기막히게 똑똑해졌더군. 어째서 너는 그녀가 독서를 좋아하지 않는다고 생각했는지 나는 정말 모르겠어. 너는 책이 오직 알리사를 위해서만 있는 것이라고 생각하고 있지만, 그러나 이것 봐, 줄리에트가 알고 있는 지식은 정말 놀랍다구. 저녁 식사 전에 우리가 뭘 하면서 놀았는지 넌 모르지? 단테의 ≪칸초네≫ 외우기 시합을 했어. 서로 한 줄씩 외웠다구. 내가 틀리면 그녀가 고쳐 줄 정도였으니까. 알겠지, 이젠?"

내 마음에 호소하는 사랑이야

(Amor de mella mente mi ragiona)

"너는 줄리에트가 이탈리아어를 배웠다는 말을 내게 하지 않았지?"

"나도 몰랐는걸."

하고 말하면서 나는 무척 놀랐다.

"뭐라고? ≪칸초네≫를 시작하자 그녀는 네가 가르쳐 주었다고 하던데."

"아마 내가 자기 언니한테 읽어 주는 것을 들었을 거

야. 늘 그렇듯이 그날도 우리 곁에서 바느질을 하거나 자수를 하다가 말이야. 하지만 손톱만큼도 아는 척을 하지 않고 있었으니 지독한데."

"사실이야! 알리사와 너의 에고이즘에는 아연실색하지 않을 수 없네. 너희들은 자기네 사랑에만 열중해서, 이 지능, 이 영혼의 놀라운 개화에는 눈도 까딱하지 않았다니 말이야. 뭐 자화자찬하는 것은 아니지만 어쨌든 나는 때를 잘 맞춰 온 거야. 천만에, 천만에, 너를 원망하는 건 아니야. 너도 알다시피."

그는 나를 껴안으면서 말했다.

"이것만은 약속해 줘. 이 모든 것에 대해 알리사에게는 한마디도 하지 않겠다고 말일세. 내 일은 내 힘으로 해나갈 테니까. 줄리에트는 내가 맡았어. 이건 엄연한 사실이야. 다음 방학까지 내버려 둬도 좋을 만큼 말이야. 그때까진 편지도 하지 않을 생각이야. 그러나 신년 휴가는 너랑 나랑 둘이서 르 아브르에 가서 보내기로 하자. 그리고 그때 가서……."

"그리고 그때 가서?"

"그러면, 알리사는 뜻밖에 우리의 약혼을 알게 되겠지. 나는 약혼을 재빨리 해치울 작정이야. 그리고 나서 어떻게 되는지 알겠니? 네가 할 수 없는 일을 내가 해줄게. 우리가 알리사에게 본보기를 보여 주어 네게 힘을

얻어 주겠다는 말이야. 너희 결혼 전에 우리가 결혼을
할 수 없지 않겠느냐고 알리사를 설득시킬 생각이거든.”

그는 계속 떠들었다. 기차가 파리에 도착하고 고등사
범학교에 다다를 때까지 그는 막을 수 없는 말의 홍수
로 나를 휩쓸었다. 그리고 우리가 역에서 학교까지 걸
어왔음에도, 벌써 밤이 꽤 야심했음에도 불구하고 아벨
은 내 방까지 따라와서 아침까지 이야기를 계속했다.

아벨의 열정은 현재도 미래도 제멋대로 다루는 것이
었다. 벌써 우리 두 쌍의 결혼을 상상해 보고, 각자의
기쁨과 놀라움을 그려 보았다. 그는 우리의 사랑 이야기
와 우리의 우정과 또 나의 사랑에서 자기가 해야 할 역
할 같은 것을 아름답게 이야기하느라고 정신이 없었다.

나도 그토록 아름답게 꾸미는 열광적인 이야기 앞에
대항할 도리가 없어 어느덧 그 꿈같이 매력적인 애기
속에 끌려 들어가고 있었다.

그 사랑 덕분에 우리의 야심과 용기도 함께 부풀어올
랐다. 학교를 졸업하자마자 보티에 목사의 주례로 두
쌍의 결혼식이 거행되고 우리 넷이서 여행을 떠난다.
그리고 우리는 큰일을 착수하게 될 것이고 아내들은 기
꺼이 우리의 반려자가 될 것이다. 교수직에는 별로 뜻
이 없고 자기가 문필에 천부적인 소질이 있다고 자신하
는 아벨은 몇 편의 희곡을 써서 성공을 거두게 되면 지

금까지 없던 재산을 눈 깜짝할 사이에 모으게 될 것이
다. 학문이 가져오는 이익보다는 학문 자체에 더 관심
을 갖고 있는 나는 종교 철학에 몰두하여 그 역사를 써
볼 작정이다. 하지만 여기서 그 숱한 희망들을 상상해
본들 무슨 소용이 있겠는가?

그 다음날부터 우리는 다시 공부에 몰두했다.

· IV

　신년 휴가까지는 얼마 남지 않아, 알리사와 주고받은 지난번 대화로 아주 흡족해진 나의 신뢰감은 한 순간도 누그러지지 않았다. 나는 전에 마음먹었던 대로 알리사에게 일요일이면 편지를 썼다. 다른 날에는 친구들과는 떨어져서 아벨과만 만나는 정도이며 오로지 알리사만 생각하며 지냈고, 내가 좋아하는 책 속에서 내 자신이 거기서 찾을 수 있는 흥미보다는 알리사가 거기서 느낄 흥미를 위주로 해서 알리사를 위한 말을 적어 놓았다.

　알리사의 편지들은 여전히 뭔가 나를 걱정스럽게 했다. 내 편지에 여전히 답장은 썼지만 그것은 자기 마음의 움직임에서라기보다는 오히려 나의 공부에 용기를 주겠다는 염려가 들어 있는 것처럼 생각되었다. 그리고 내게는 평가니 토론 같은 것이 나의 생각을 표현하는 하나의 방법에 지나지 않는 반면에, 알리사는 반대로 자기 생각을 감추기 위해 이 모든 방법을 쓰고 있는 것처럼 보였다. 가끔 나는 알리사가 그것을 장난으로 하고 있지 않나 싶어 의심도 했다. 그러나 상관없다! 아무런 불평도 하지 않기로 결심한 나의 편지 속에 이와 같은 불안은 조금도 엿보이지 않게 하려고 애썼다.

설달 그믐이 가까워지자 아벨과 나는 르 아브르를 향해 떠났다.

나는 플랑티에 이모 댁에서 머물렀다. 내가 도착했을 때 이모는 집에 없었다. 그러나 내가 방에 들어가 막 앉으려는데 하인이 내게 와서 이모가 살롱에서 나를 기다리고 있다고 알려 주었다.

이모는 내 건강과 공부에 대해 묻고 나서, 조심성 없이 그 다정스러운 호기심에 끌려가면서 말했다.

"너는 아직 내게 말하지 않았지. 퐁괴즈마르에 갔을 때 만족했는지 어땠는지를 말야. 그 일은 어느 정도 진척되었니?"

나는 이모의 이 거북스러운 친절을 참아야 했다. 그렇지만 아무리 순수하고 상냥한 말을 사용한다 하더라도 왜 그런지 나에게는 거칠게 여겨지는 것 같은 감정을 그토록 간단히 다루어 버리는 것은 괴로운 일이었다. 그러나 그것을 말하는 이모의 마음이 퍽 솔직하고 다정한 어조였기 때문에 화를 내는 게 오히려 쑥스러울 지경이었다. 그런대로 처음에는 약간 말대꾸를 했다.

"그렇지만 이모님, 봄에는 약혼이 너무 이르다고 하셨잖아요?"

"그래, 그랬었지, 처음엔 누구나 그렇게들 말하지."

  이모는 내 한쪽 손을 붙잡고 감동한 듯 꽉 쥐면서 말을 이었다.

  "더구나 너의 공부며 병역 관계도 있고 해서, 너는 몇 해 동안 결혼할 수 없다는 것을 잘 알지 않니? 게다가 이건 나 혼자 생각이다만 약혼을 오래 끄는 것은 찬성할 수 없어. 처녀들이 지쳐 버리거든……. 때로는 애처롭게 보일 때도 있고 말이야. 그런데 약혼을 공표할 필요는 없단다. 하기야 약혼해 두면 그 처녀를 위해서도 다른 사람을 구할 필요가 없다는 것을 알리는 것은 되지. 물론 넌지시 남에게 알릴 수도 있지. 그리고 약혼을 해두면 편지와 교제도 허용되지. 또한 다른 사람이 청혼을 해왔을 때도, 그런 일도 있을 수 있는 법이니까."
하고 이모는 모두 알고 있다는 듯한 미소를 띠면서 말을 계속했다.

  "그럴 때는 완곡하게 대답할 수 있거든. 아니라든가 그럴 필요 없다든가 하고 말이야. 줄리에트에게도 청혼한 사람이 있었다는 걸 너도 알고 있지? 금년 겨울에는 그 애도 꽤 남의 눈을 끌었어. 아직은 조금 나이가 어리지만 말이야. 그 애 대답도 그랬지만 어쨌든 그 청년은 기다리겠다는 거야. 뭐 사실은 청년이라고는 할 수 없지만…… 여하튼 괜찮은 결혼 상대이긴 해. 아주 확실한 사람이고 너도 내일 그 사람을 보게 될 거야. 우

리 집 크리스마스 트리를 보러 오기로 되어 있단다. 그
땐 너도 그의 인상을 말해 주렴."

"이모님, 저는 그 친구가 괜히 헛수고하는 게 아닌가
싶은데요. 줄리에트가 딴 사람에게 마음이 있으면 어떻
게 하죠?"

나는 아벨의 이름이 불쑥 나올까 봐 무척 애를 쓰면
서 말했다.

"응?"
하고 이모는 의아스럽다는 듯이 입을 뾰족 내밀고 고개
를 갸우뚱하면서 말씀하셨다.

"놀라운 일이군! 그런데 그 애는 왜 내게 아무 말도
하지 않았을까?"

나는 더 이상 말을 하지 않으려고 입술을 깨물었다.

"뭐, 이제 알게 되겠지. 줄리에트 그 애는 요즈음 몸
이 좋지 않아."
하고 이모는 다시 말을 이었다

"하기야 지금 문제되는 것은 그 애가 아니지만…….
아! 알리사는 역시 귀여운 애야. 그래, 결국 예스인지
노인지 그 애한테 선언했니?"

맞지도 않는 '선언'이라는 노골적인 표현에 정말로 화
가 치밀어 아무 말도 하지 않으려 했으나, 코앞에서 묻
는 바람에 거짓말에 서투른 나는 그냥 어물어물 대답하

고 말았다.

"했어요."

그 말을 하고 나는 얼굴이 화끈거리는 것을 느꼈다.

"그래 그 애는 뭐라고 하든?"

나는 고개를 숙였다. 대답하고 싶지 않았다. 그래서 더욱 머뭇거리며 마음 내키지 않는 작은 소리로 말했다.

"약혼하는 건 싫다고 그래요."

"그래, 그 애가 옳다."

하고 이모가 소리쳤다.

"그렇고 말고! 너희들이야 아직 시간이 있으니까……."

"오, 이모님! 이제 그 이야기는 그만 해요!"

그러나 말리려 해도 소용없었다.

"더구나 그 애 말이 놀라운 일은 아니야. 그 애는 언제나 너보다는 더 철이 난 것처럼 보였거든. 네 사촌 누나는."

그때 내가 도대체 어떻게 되었는지 몰라도, 틀림없이 이런 질문에 흥분되었던 모양이다. 나의 가슴이 갑자기 찢어지는 것 같았다. 어린애처럼 나는 이마를 그 친절한 이모의 무릎 위에 파묻고 흐느껴 울며,

"이모님, 그런 게 아니에요. 이모님은 이해하지 못해요."

하고 소리쳤다.

"알리사는 나더러 기다려 달라고 한 게 아니란 말이

에요."

"뭐라구! 그 애가 널 싫다고 했단 말이냐?"

이모는 내 이마를 손으로 들어올리면서 아주 상냥하게 동정하는 어조로 말했다.

"그것도 아닙니다. 아니 꼭 그렇다는 것도 아닙니다."

나는 슬프게 고개를 저었다.

"그 애가 이젠 널 사랑하지 않을까 봐 두려운 거로구나?"

"오! 천만에요. 제가 걱정하는 것은 그게 아닙니다."

"가엾은 애 같으니라구. 내가 알아듣게 하려면 좀더 분명히 설명해 줘야지."

나는 너무 마음 약하게 굴었다는 것이 부끄럽기도 하고 서글펐다. 이모는 나의 이런 불안에 대한 이유를 짐작하지 못했을 것이다. 그러나 만일 알리사가 거절한 이면에 그 무엇인가 분명한 동기가 숨어 있다면, 이모로부터 조용조용 물어서 아마 그 이유를 찾아 낼 수 있을지도 모른다. 이모는 마침내 자신이 그 말을 꺼냈다.

"애야."

하고 이모는 말을 이었다.

"알리사가 내일 아침에 크리스마스 트리 만드는 것을 나와 함께 거들기로 했다. 그럼 도대체 어찌된 영문인지 나는 곧 알게 될 거다. 점심때 내가 네게 그것을 알려 주마. 그렇게 되면 너도 염려할 게 아무것도 없다는 것을 알게 될 거다."

　나는 뷔콜렝 댁으로 점심을 먹으로 갔다. 며칠 전부터 몸이 좋지 않은 줄리에트는 정말 딴 사람처럼 보였다. 그녀의 눈초리엔 표독스럽고, 거의 쏘는 듯한 표정이 깃들여 있어서 전보다도 더 자기 언니와 다르게 보였다. 그날 저녁엔 그들 중 누구하고도 특별히 말을 할 수 없었다. 하긴 나도 대화를 바라지는 않았지만, 외삼촌이 피곤해 보였기 때문에 나는 식사가 끝나자마자 돌아오고 말았다.

　플랑티에 이모가 만드는 크리스마스 트리는 해마다 많은 어린이들과 일가 친척들과 친구들을 모이게 했다. 크리스마스 트리는 계단 올라가는 현관에 세워져 있었다. 그 현관엔 응접실과 살롱, 그리고 찬장을 놓아 둔 온실과도 같은 유리문들과 통해 있었다. 그 트리의 장식이 아직 끝나지 않아, 축제날 아침, 즉 내가 도착한 다음날에 알리사는 이모 말대로 아침 일찍 와서, 이모를 거들어 가지에다 장식이며 불, 과일, 사탕, 과자, 장난감 등을 달았다. 나도 알리사 곁에서 시중을 들었으면 무척 즐거웠을 테지만, 이모가 알리사에게 말할 수 있도록 해야 했다. 그래서 나는 알리사를 만나 보지도 않고 밖에 나가 오전을 보내면서 불안한 마음을 달래었다.

    나는 줄리에트를 만나 보고 싶어 우선 뷔콜렝 댁으로 갔다. 그러나 아벨이 먼저 거기에 와 있다는 것을 알고 중요한 애기를 방해하고 싶지 않아, 곧 밖으로 나와 부두며 거리를 점심때까지 서성거렸다.

    "바보 같은 녀석!"
하고 내가 돌아오자 이모가 소리쳤다.

    "그렇게 일을 망쳐 놓는 법이 어디 있니? 네가 내게 한 말에는 한 마디도 이치에 맞는 게 없어. 오! 나는 우물쭈물하진 않았다. 우릴 거들다가 지친 미스 애쉬버튼을 산책 보내고 나서 알리사와 단둘이 있게 되자, 왜 이번 여름에 약혼을 하지 않았느냐고 단도직입적으로 물어 보았단다. 알리사가 당황이라도 한 줄 아니? 천만에, 알리사는 조금도 당황하지 않고 아주 침착하게 동생보다 먼저 결혼하고 싶지 않았다고 대답하더라. 아마 너도 그 애에게 솔직하게 물어 봤더라면, 나에게처럼 대답했을 거다. 확실히 걱정한 보람이 있었나 보다. 그렇지 않니? 애야, 솔직한 것만큼 좋은 것도 없단다. 그리고 알리사는 아버지와 헤어질 수 없다는 말도 하더라 ……. 오! 우리는 무척 많은 이야기를 했다. 그 애는 제법 생각이 깊거든. 게다가 또 자기가 너한테 맞는 상대인지 아직은 자신이 없다는 말도 하더구나. 너보다 나이가 너무 위여서 걱정이라구. 차라리 줄리에트만한 나이의 여자가 좋지 않겠느냐는 말도 했지."

이모는 말을 계속했다. 그러나 나는 그 이상 듣고 있지 않았다. 내게 중요한 것은 오직 단 한 가지, 알리사가 자기 동생보다 먼저 결혼할 생각이 없다는 것뿐이었다. 하지만 줄리에트에겐 아벨이 있지 않은가! 그러고 보니 그 떠버리 말이 맞았다. 그가 말했듯이 한 번에 두 쌍의 결혼을 성사시키는 것이다.

지극히 단순한 사실이지만 내가 빠져들어간 마음의 동요를 나는 될 수 있는 한 감추려고 노력했다. 이모에게는 아주 당연하게 보이는 사실, 그것도 이모 자신이 준 것같이 생각되는 기쁨밖에는 드러내지 않았다. 그러나 점심이 끝나자마자 나는 적당한 구실을 만들어서 이모 곁을 빠져나와 아벨을 만나러 달려갔다.

"그것 봐! 내가 뭐랬어!"

그는 나를 껴안으면서 소리쳤다. 내가 그에게 나의 기쁨을 알리기가 무섭게 말이다.

"이봐! 벌써 오늘 아침 줄리에트와 나눈 이야기는 거의 결정된 거나 다름없어. 하기야 둘이서 네 이야기만 했지만, 좌우간 줄리에트는 워낙 피곤하고 신경이 예민해서 어쩔 수 없는 모양이야. 나는 너무 깊게 파고들어 자극을 주거나 너무 오래 같이 있어 흥분시키지나 않을까 하고 겁이 나더군. 아무튼 네 이야기를 들으니까 이젠 만사 오케이야! 제롬, 내가 뛰어가서 지팡이와 모자를 가져올게. 너는 뷔콜렝 댁 문까지만 나를 따라와. 가다가 중간에서 내가 하늘로 올라가 버리면 안 될 테니까. 나는 벌써 유포리옹(괴테의 《파우스트》에 나오는 인물. 파우스트와 헬레나 사이에 태어난 아들임. 그는 하늘을 날았다)보다 더 가벼워진 기분이 드는구나. 줄리에트는 자기 언니가 네게 동의하지 않는 것이 자기 때문이라는 것을 알게 되고, 그 후 내가 곧 줄리에트에게 청혼을 하면……. 아! 제롬! 나는 벌써 우리 아버지가 오늘 저녁 크리스마스 트리 앞에서 행복에 겨워 그만 눈물을 흘리시며 주를 찬양하고, 축복에 넘치는 손을, 무릎 꿇고 있는 네 사람의 약혼자 머리 위에 얹어 놓으시는 게 눈에 보이는 것 같아. 미스 애쉬버튼은 한숨 속에 증발해 버릴 것이고, 플랑티에 이모님은 블라우스 속에서 녹아 버릴 것이고, 불빛에 요란하게 빛나는 트리는 주의 영광을 노래하며, 마치 성서에 나오는 산들(구약 이사야 55장 12절에 나오는 장면)처럼 손뼉을 치며 떠들어 대리라.”

크리스마스 트리에 불이 켜지고, 아이들과 친척들, 친구들이 그 둘레에 모여든 것은 저녁 해가 다 되어서였다. 아벨과 헤어져 돌아온 후 나는 할 일도 없었고 불안과 안타까움에 사로잡혀, 지루함을 잊으려고 멀리 생 다드레스의 절벽까지 달려갔다가 길을 잘못 들어 다시 플랑티에 이모 댁에 돌아왔을 때는, 벌써 축제가 시작되어 있었다.

현관에 들어설 때 나는 알리사를 보았다. 알리사는 나를 기다렸던 모양인지, 곧 내가 있는 곳으로 왔다. 알리사는 엷은 빛 블라우스 앞가슴 위로 드러난 목에 옛날의 작은 수정 십자가를 걸고 있었다. 그것은 내가 알리사에게 어머님 기념으로 준 것인데, 나는 알리사가 그것을 걸고 있는 것을 한 번도 본 적이 없었다. 알리사의 얼굴빛은 창백했고 그 괴로운 듯한 표정에 나는 그만 가슴이 아팠다.

"왜 이렇게 늦었어?"

하고 알리사는 괴롭고 급한 목소리로 말했다.

"하고 싶은 말이 있었는데……."

"절벽에서 길을 잘못 들었어. 그런데 어디가 아픈 거야? 오! 알리사, 무슨 일이 있었어?"

알리사는 잠시 당황한 채 입술을 파르르 떨며 내 앞에 서 있었다. 괴로움이 내 가슴을 죄어서 나는 감히 물어 볼 수도 없었다. 알리사는 내 얼굴을 끌어당기듯 내 목에 손을 올렸다. 알리사는 내게 하고 싶은 말이 있는 듯이 보였다. 그런데 바로 그때 손님들이 들어왔다. 맥이 빠진 알리사의 손은 내려지고 말았다.

"이젠 안 돼."

하고 알리사는 속삭였다. 그러고는 내가 눈물을 글썽이는 것을 보자, 이런 시시한 변명으로 나를 진정시키는 데 도움이 될 것처럼, 눈으로 묻는 나의 물음에 대답하면서,

"아니야, 걱정하지 마. 그저 머리가 아파서 그래. 애들이 너무 법석을 떨어서……. 여기까지 도망온 거야. 이젠 그만 애들한테 가봐야겠어."

알리사는 황급히 내 곁을 떠났다. 사람들이 들어와서 나를 그녀로부터 떼어 놓았던 것이다. 나는 살롱에서 다시 알리사를 만나리라 생각했다. 나는 방 저쪽에서 어린애들에게 둘러싸여 놀이를 주선하고 있는 알리사를 보았다. 알리사와 나 사이에는 사람들이 많이 있었으므로, 그 곁을 지나다가는 아무래도 그들에게 붙잡힐 것만 같았다. 나는 인사도 대화도 나눌 수가 없을 것 같았다. 벽을 따라 살금살금 몸을 피해 간다면 혹시……. 나는 그렇게 해보았다.

마침 정원으로 나가는 큰 유리문 앞을 지날 때였다. 나는 누구한테인가 팔을 붙잡혔다.

줄리에트였다. 문 뒤에 반쯤 숨어 커튼에 몸을 가리고 있었다.

"온실로 가."

하고 줄리에트는 재빨리 말했다.

"할 말이 있어. 오빠는 먼저 가. 곧 나도 갈게."

그러고는 살짝 문을 열면서 뜰로 빠져나가 버렸다.

무슨 일이 있었을까? 나는 아벨을 만나 보고 싶었다. 도대체 아벨이 뭐라고 말했나? 뭘 어떻게 했단 말인가? 현관으로 돌아오면서 나는 줄리에트가 기다리고 있는 온실로 들어섰다.

줄리에트는 얼굴을 붉히고 있었다. 눈썹을 찡그리고 있어서 눈매에 강한 괴로움이 물들어 있었다. 눈은 열이라도 있는 것처럼 반짝이고 있었다. 목소리까지 어딘가 까칠하면서도 그 아름다움에 놀랐고 당황했다. 거기에는 아무도 없었다.

"알리사가 뭐라고 그랬어?"

하고 줄리에트는 단번에 물었다.

"내가 너무 늦게 들어왔다고 한두 마디 했지."

"언니가 자기보다 내가 먼저 결혼하기를 바라는 것을 알고 있어?"

"응."

줄리에트는 나를 뚫어지게 바라보았다.

"그럼 언니가 나를 누구한테 시집 보내고 싶어하는지도 오빠는 알겠네?"

나는 대답하지 않았다.

"오빠야."

하고 줄리에트는 외치듯이 말했다.

"정신나간 소리!"

"안 그래!"

줄리에트의 목소리에는 절망과 승리가 동시에 깃들여 있는 듯이 느껴졌다. 그 애는 불쑥, 일어섰다기보다는 차라리 몸을 뒤로 젖혔다.

"이젠 내가 해야 할 일을 알았어."

줄리에트는 온실 문을 열면서 들릴 듯 말 듯한 목소리로 말하고는 문을 세차게 탁 닫고 나가 버렸다.

나의 머리와 가슴속에서 모든 것이 흔들리고 있었다. 관자놀이에 맥이 뛰는 것을 느꼈다. 오직 하나의 생각만이 나의 심란한 마음을 달래고 있었다. 아벨을 찾아내야 한다는 생각만이. 아마도 아벨은 이 두 자매의 야릇한 말을 설명해 줄지도 모른다. 하지만 나는 나의 동요를 누군가가 눈치챌 것 같은 생각이 들어 감히 살롱에 들어가지 못했다. 나는 밖으로 나갔다. 차가운 정원 공기가 나의 마음을 가라앉혀 주었다.

나는 얼마 동안 거기에 있었다. 어둠이 깃들이고 바다 안개가 거리에 자욱이 끼었다. 나무들은 잎이 없어 앙상하고, 땅과 하늘은 끝없이 쓸쓸해 보였다. 노랫소리가 들렸다. 크리스마스 트리 주위에 모인 아이들의 합창 소리임에 틀림없다. 나는 현관으로 들어갔다. 살롱 응접실 문은 열려 있었다. 나는 이젠 텅빈 살롱에서 피아노 뒤에 어설프게 몸을 감추고 줄리에트와 함께 이야기를 나누고 있는 이모를 보았다.

응접실에서는 크리스마스 트리 주위에서 손님들이 법석대고 있었다. 아이들은 크리스마스 캐럴을 불렀다. 그러자 갑자기 조용해졌다. 그리고 트리 앞에서 보티에 목사가 일종의 설교를 하기 시작했다. 그는 자기 말대로 '좋은 씨를 뿌리는' 어떠한 기회도 놓치지 않았다. 나는 불빛과 훈기가 역겨워서 도로 나가고 싶었다. 그때 문에 기대고 서 있는 아벨을 보았다. 아마도 얼마 전부터 거기에 있었던 모양이다. 그는 나를 매섭게 노려보고 있었다. 그리고 서로 시선이 마주치자 어깨를 으쓱했다. 나는 그에게로 갔다.

"바보!"

그는 나직한 목소리로 말하였다. 그러고는 갑자기

"아, 저런! 밖으로 나가자. 좋은 말씀은 실컷 들었어!"

우리가 밖으로 나왔을 때,

"숙맥이야."

하고 그는 다시 내뱉었다. 나는 너무 걱정스러워서 아무 말도 하지 않고 그를 바라보았다.

"줄리에트가 사랑하고 있는 것은 너였어. 바보같이! 그래서 넌 내게 그 말을 하지 않았던 거지?"

나는 어안이 벙벙했다. 도무지 이해할 수가 없었다.

"아냐, 그렇지 않아! 너 자신도 그걸 눈치챌 수 없었을 테니까 말야!"

그는 내 팔을 붙잡고는 마구 흔들어 댔다. 그의 목소리는 꽉 다문 이 사이에서 떨리면서 울려나왔다.

"아벨 제발……"

나는 얼마 동안 잠자코 있다가 역시 떨리는 목소리로 이리저리 큰 걸음으로 그에게 끌려다니면서 말했다.

"그렇게 흥분하지만 말고 어찌된 일인지 말해 봐! 나는 전혀 모르는 일이야."

가로등 불빛에 나를 갑자기 세워 놓고 그는 나를 뚫어지게 응시했다. 그러고는 와락 나를 끌어당기며 나의 어깨 위에 머리를 얹고서 흐느끼며 중얼거렸다.

"용서해 줘. 나도 바보야. 나 역시 너보다 더 잘 알 수는 없었던 거야."

울고 나더니 마음이 조금 가라앉은 모양이었다. 그는 고개를 들고 걷기 시작하며 말을 이었다.

"무슨 일이 있었느냐구? 지금 와서 그 말을 다시 한들 무슨 소용이 있나? 아침에 나는 줄리에트에게 말했어. 너한테 말한 것처럼. 그녀는 유난히 예쁘고 활기가 있어 보였어. 나는 나 때문에 그런 줄로만 알았지. 그런데 그것은 단순히 둘이서 네 이야기를 하고 있었기 때문이었어."

"그때는 넌 그걸 몰랐니?"

"응, 분명히는 몰랐어. 하지만 지금 와서 생각하면 자세한 것까지도 짐작할 수 있어."

"오해한 것은 분명히 아니겠지?"

"오해하다니! 천만에, 그녀가 너를 좋아한다는 것을 모른다면 그건 장님이지 뭐."

"그래서 알리사는……."

"그러면 알리사는 희생하는 거지. 알리사는 자기 동생의 비밀을 알자 동생에게 양보하기로 마음먹은 거야. 자, 이 사람아! 그렇게 알기 힘든 일도 아니잖나? 줄리에트와 다시 이야기하고 싶었어. 그래서 내가 몇 마디 꺼내자마자, 아니, 그녀가 내 말하는 의도를 알아채자마자, 그녀는 우리가 앉아 있던 소파에서 일어나 몇 번이고 '그럴 줄 알았지' 하고 되풀이했어. 도무지 그럴 줄은 알지 못했던 사람처럼 말이야."

"아! 농담은 그만 해!"

"왜? 하긴 나도 이 이야기는 우습게 생각해…… 줄리에트는 별안간 자기 언니 방으로 뛰어갔어. 그러자 갑자기 성난 목소리가 터져나와 나도 깜짝 놀랐어. 나는 줄리에트를 다시 만나려고 했지. 그런데 얼마 후에 나온 것은 알리사였어. 그녀는 모자를 쓰고 있었어. 나를 보자 당황했던 모양인지, 내 곁을 지나가며 재빨리 인사만 하더군. 그뿐이야."

"줄리에트는 다시 못 만났니?"

아벨은 잠시 망설였다.

"만났어. 알리사가 나간 후 난 방문을 열고 들어갔지. 줄리에트는 꼼짝도 하지 않은 채 벽난로 앞에서 팔꿈치를 대리석 위에 얹고, 턱을 두 손에 파묻고 거울을 똑바로 들여다보고 있더군. 내가 들어오는 걸 알고도, 그녀는 돌아다보지 않고 발을 구르며 '아! 내버려 둬요' 하고 소리쳤어. 그 말투가 너무도 쌀쌀맞아서 나는 그만 아무 말도 하지 못하고 나와 버렸지. 그게 전부야."

"그래서 지금은?"

"아! 너한테 말을 다하고 나니 후련해지는구나! 지금부터라구? 그렇지! 너는 줄리에트의 상사병을 고칠 수 있게 노력해야 해. 내가 알리사를 잘못 보고 있지 않는 한, 그 전에는 결코 네게 돌아오지 않을 테니까 말이야."

우리는 꽤 오랫동안 말없이 걸었다.

"들어가자!"

그는 이윽고 말했다.

"손님들도 이젠 돌아갔겠지. 아버지가 나를 기다리고 계실 것 같은데."

우리는 돌아왔다. 정말로 살롱은 비어 있었다. 응접

실에는, 장식이 떨어지고 불도 거의 꺼진 트리 주위에 이모와 그 아이 둘, 뷔콜렝 외삼촌, 미스 애쉬버튼, 목사, 사촌 누이들, 그리고 꽤 우습게 생긴 남자 하나가 남아 있었다. 그가 이모와 그토록 이야기하는 걸 보았지만, 나는 그때까지 그 사람이 줄리에트의 구혼자라고는 생각을 하지 못했다. 우리들 중 누구보다도 키가 크고 튼튼하고 혈색이 좋았으며, 거의 대머리였다. 계급도 신분도 혈통도 다른 그는 우리들 사이에서 자기를 이방인이라 느끼고 있는 것 같았다. 그는 텁수룩하게 난 코밑의 희끗희끗한 카이제르 수염을 신경질적으로 잡아당겨 비꼬고 있었다. 현관 불은 이미 꺼져 있었다. 그러므로 우리 둘은 소리 없이 들어갔다. 아무도 우리가 돌아온 것을 안 사람은 없었다. 그때였다. 어떤 무서운 예감이 나를 사로잡았다.

"가만히 있어."

하고 아벨이 내 팔을 붙잡으며 말했다.

그때 우리는 낯선 남자가 줄리에트 곁으로 가서, 그를 보지도 않고 힘없이 내미는 줄리에트의 손을 잡는 것을 보았다. 캄캄한 먹구름이 내 마음을 덮었다.

"아벨. 어떻게 된 거야?"

나는 아직 잘 모르고 있거나, 아니면 차라리 잘못 생각하고 있기를 바라는 마음으로 중얼거렸다.

"저런! 줄리에트가 한술 더 뜨고 있는 거야."

그는 씨익씨익 소리를 내면서 말했다.

"그녀는 언니한테 지고 싶지는 않다는 거지. 아마 하늘에선 천사들이 박수 갈채를 보내고 있을걸!"

외삼촌이 미스 애쉬버튼과 이모에게 둘러싸인 줄리에트에게 키스를 했다. 보티에 목사가 가까이 다가갔다. 나는 앞으로 몸을 내밀었다. 알리사가 나를 보더니 나에게로 뛰어와 떨리는 목소리로,

"제롬, 이럴 수는 없어. 줄리에트는 저 사람을 좋아하지 않아. 오늘 아침에 내게 말했어. 줄리에트를 막아 줘, 제롬! 오! 저 애가 어떻게 되려고……."

하고 절망적인 호소를 하며 내 어깨에 매달렸다. 알리사의 괴로움을 덜어 주기 위해서라면 목숨이라도 내주고 싶은 심정이었다.

갑자기 크리스마스 트리 앞에서 고함 소리가 들렸다. 뒤숭숭한 소동이 벌어졌다……. 우리는 달려갔다. 줄리에트는 의식을 잃은 채 이모 팔에 안겨 있었다. 모두들 달려들어 그 애를 굽어보고 있어서, 나는 간신히 그 모습을 보았다. 줄리에트의 머리카락이 무서우리만큼 창백한 그 얼굴을 뒤덮고 있었다. 가끔 몸이 꿈틀대는 것으로 보아 보통 있는 기절은 아닌 것 같았다.

"아니에요! 아니에요!"

이모는 큰소리로 말하며 겁에 질린 뷔콜렝 외삼촌을 진정시키려고 했고 보티에 목사도 집게손가락으로 하늘을 가리키며 위로하고 있었다.

"아니에요! 괜찮습니다. 흥분했나 봐요. 단순한 신경 발작입니다. 테시에르 씨, 당신은 기운이 세니 좀 도와 주세요. 내 방으로 데리고 올라갑시다. 내 침대 위에, 내 침대 위에……."

이모는 자기 맏아들에게 몸을 기울여 무어라 귓속말을 하였다. 이어 아들이 나가는 것이 보였다. 아마 의사를 부르러 가는 모양이었다.

이모와 그 구혼자는 그들의 팔 속에 거의 몸을 내맡기고 있는 줄리에트의 어깨 밑에 손을 넣어서 들어올렸다. 알리사는 동생의 팔을 쳐들고 가만히 안고 있었다. 아벨은 뒤로 떨어지려는 머리를 받치고 있었다. 그리고 몸을 굽혀 흐트러진 머리카락을 쓸어 주면서 입맞추는 것이 보였다.

방문 앞에서 나는 멈췄다. 줄리에트를 침대 위에 눕혔다. 알리사는 테시에르 씨와 아벨에게 무슨 말을 하고 있었으나 내겐 들리지 않았다. 알리사는 그들을 문까지 배웅하고서 우리들에게 제발 동생을 이대로 쉬게 내버려 달라고 사정했다. 플랑티에 고모와 자기가 곁에 남아 있겠다고 말하는 것이었다.

아벨은 내 팔을 붙잡고 밖으로 끌어내었다. 그리고 우리는 어둠 속을 목적도, 용기도, 생각도 없이 오랫동안 걸었다.

V

　나는 내 인생에서 사랑 이외에는 다른 의의를 찾지 못했다. 그래서 그 사랑에 매달렸고, 사랑하는 사람으로부터 내게 오는 것밖에는 아무것도 기대하지도 바라지도 않았다.

　다음날 알리사를 만나러 가려는데 이모가 나를 붙들고 방금·받은 다음과 같은 편지를 내밀었다.

　줄리에트의 흥분은 대단하여 의사가 처방한 물약으로 아침에야 겨우 누그러졌습니다. 당분간은 제롬이 이곳에 오지 말았으면 좋겠어요. 줄리에트는 그의 발소리나 목소리를 알아들을 겁니다. 그 애는 정말 안정이 필요하니까요.

　줄리에트의 병세로 보아 저는 이대로 여기에 있어야 할 것 같습니다. 그러니 만일 떠나기 전까지 제가 제롬을 보지 못하게 되면, 고모님, 제가 그에게 편지를 쓰겠다고 전해 주세요.

　방문 금지령은 나에게만 해당되었다. 이모도 다른 사람도 뷔콜렝 댁을 자유롭게 드나들 수 있었다. 그리고 이모도 오늘 아침에는 거기에 가보려고 하고 있다. 내 발소리라구? 어처구니없는 핑계인데……. 상관없어!

"좋습니다. 전 가지 않겠습니다."

알리사를 곧 만나지 못한다는 것은 나에게는 몹시 괴로운 일이었다. 그러면서 만나는 것도 또한 두려웠다. 나는 알리사가 자기 동생의 병세를 내게 책임이 있는 것으로 보지 않을까 싶어 겁이 났다. 그래서 흥분하게 될 알리사를 만나기보다는 만나지 않는 편이 차라리 속 편할 것 같았다.

그래도 아벨만은 만나고 싶었다.

그 집 문에서 하녀가 내게 쪽지를 하나 전해 주었다.

네가 걱정할까 봐 몇 자 적는다. 르 아브르에서 줄리에트와 이처럼 가까이 있다는 것이 나는 견딜 수 없다. 그래서 나는 어젯밤 너와 헤어지자마자 사우샘프턴으로 가는 배를 탔다. 런던의 S집에서 방학을 지내겠다. 다시 학교에서 만나기로 하자.

……모든 인간의 도움은 한꺼번에 나를 저버렸다. 괴로움밖에는 남을 것이 없는 이번 체류를 더 오래 끌고 싶지 않아, 개학을 훨씬 앞두고 파리로 돌아와 버렸다. 나는 하나님을 향해 나의 시선을 돌렸다. '진정한 모든 위로와 온갖 은총과 완전한 모든 은혜가 그로부터 말미

다. 나는 알리사도 주님의 보호를 간구하고 있을 것으로 생각했고, 알리사도 기도를 드리고 있다는 생각에 용기를 얻어 열심히 기도 드렸다.

알리사로부터 편지가 오고 내가 알리사에게 편지를 보내는 것 이외에는 아무 다른 일도 없이, 사색과 공부에 지루한 시간을 보냈다. 나는 알리사의 편지를 전부 간직하고 있었다. 이제부터 잘 생각나지 않는 나의 추억을 이 편지를 더듬으며 말해 본다.

이모를 통하여—처음에는 이모를 통해서 뿐이었다—나는 르 아브르의 소식을 알았다. 이모의 편지를 통하여 나는 처음 며칠 동안 줄리에트의 심한 병세가 얼마나 큰 불안을 주었는지를 알게 되었다. 내가 떠난 지 열 이틀 후에야 비로소 나는 알리사의 편지를 받았다.

사랑하는 제롬, 좀더 빨리 편지를 하지 못해서 미안해. 가엾은 우리 줄리에트의 병세가 도무지 그럴 틈을 주지 않았어. 네가 떠난 후 나는 줄곧 줄리에트 곁을 떠나지 못했어. 고모한테 우리 소식을 네게 전해 달라고 했는데. 아마 고모가 그렇게 해주셨을 거라고 생각하고 있어. 그래서 사흘 전부터 줄리에트가 많이 나았다는 것도 알았겠지. 하나님께 감사 기도를 드리고 있지만, 아직 안심할 수는 없는 것 같아.

로베르의 이야기는 지금까지 별로 하지 않았지만, 그는 나보다 며칠 후에 파리에 돌아와 자기 누이들의 소식을 내게 전해 줄 수 있었다. 그의 누이들 때문에 나는 선천적인 기질에서 우러나는 이상으로 그를 돌봐 주고 있었다. 그가 다니는 농업학교가 쉴 때마다 나는 그를 즐겁게 해주려고 노력했다.

알리사나 이모한테는 감히 물어 볼 수도 없는 것을 그를 통해서 알게 되었다. 에두아르 테시에르가 줄리에트의 소식을 알려고 열심히 찾아왔으나 로베르가 르 아브르를 떠나기까지는 줄리에트가 그를 만나 보지 않았다는 것이다. 내가 떠난 후에 줄리에트가 자기 언니 앞에서 도무지 깨뜨릴 수 없는 끈질긴 침묵을 지키고 있다는 것도 알게 되었다.

그래서 얼마 있다가 나도 미리 짐작하고 있었지만 이모를 통하여, 알리사가 당장이라도 파혼시키려고 하고 있던 줄리에트의 약혼을, 줄리에트는 그 약혼이 가능한 한 빨리 공식적인 것이 되도록 해달라고 요구한다는 것을 알았다. 그러나 충고도 명령도 간청도 소용이 없는 줄리에트의 이번 결심은, 자기 방문에 빗장을 걸고 눈을 싸매고 그녀를 침묵 속에 가두어 두었다.

시간은 지나갔다. 나는 알리사한테는 어떻게 편지를 써야 할지 모르는 채, 알리사로부터 실망스런 편지만 받았다. 짙은 겨울 안개가 내 주위를 에워싸고 있었다. 아! 나의 서재의 램프도, 나의 사랑과 신망의 모든 정열도, 내 마음의 어둠과 냉기를 없애지는 못했다. 시간은 지나갔다.

그러는 동안 어느 봄날 아침, 마침 그 무렵 르 아브르에 없던 이모에게 온 알리사의 편지—이모는 나에게 보내 주었다—중에서 나의 이 이야기의 내용을 밝혀 줄 부분을 다시 쓴다.

나의 순종을 칭찬하셔야 해요. 고모님께서 권하신 대로 나는 테시에르 씨를 만났어요. 그리고 그와 오랫동안 이야기를 나누었어요. 그는 완전한 사람으로 보였고, 제가 처음에 염려했던 것만큼 그 결혼이 불행할 것 같지 않다고 믿게 되었어요. 정말이에요. 물론 줄리에트는 그를 사랑하지는 않습니다. 그렇지만 그는 한 주일 한 주일 시간이 지남에 따라 사랑을 받을 가치가 전혀 없는 사람은 아닌 것처럼 보입니다. 그는 선견지명을 가지고 이 상황에 대해 이야기했으며, 줄리에트의 성격을 조금도 잘못 보지 않고 있어요. 그리고 그는 자기 사랑의 힘에 확고한 자신을 가지고 있어서, 자신이 꾸준한 노력을 다하면 이겨낼 수 없는 것은 아무것도 없다고 확신하고 있어요. 말하자면 그는 무척 반해 버린 거죠.

정말이지, 제롬이 제 동생을 그토록 돌봐 주는 걸 알고 얼마나 감동했는지 저는 모릅니다. 로베르의 성격은 그의

성격과는 별로 닮은 점이 없기 때문에 제롬이 의무적으로
그러는 것이라고 생각합니다. 아니면 혹시 저를 기쁘게 해
주기 위해서인지도 모르겠습니다. 그러나 그는 이미 자신
이 맡은 의무가 어려울수록 그만큼 더 영혼을 북돋워 주는
것이라고 생각하고 있음에 틀림없습니다. 건방진 생각을
늘어놓았군요! 이런 말을 하는 조카딸을 너무 비웃지 마세
요. 이런 생각에 저는 마음이 든든해지고, 또 줄리에트의
결혼을 좋은 일로 보려고 노력하는 것도 바로 그 생각 때
문입니다.

고모님! 고모님의 정에 넘치는 정성이 제게는 얼마나 고
마운지 몰라요. 고모님! 그러나 저를 불쌍하다고는 생각하
지 마세요. 오히려 그와 반대라고 저는 말할 수 있습니다.
왜냐하면 줄리에트에게 충격을 준 시련이 제 마음속에 그
반동을 가져왔기 때문입니다. 잘 알지도 못하면서 되풀이
하고 있었던 성서의 그 말이 갑자기 분명해졌습니다. '사람
들을 믿는 자는 불행할지어다.'(구약성서 예레미야서 17장 5절)
이 구절을 성서에서 보기 훨씬 전에, 제롬이 채 열두 살도
못 되고 제가 열네 살이 될 무렵에, 저는 제롬이 저에게
보내 준 조그마한 크리스마스 카드에서 읽었습니다. 그 카
드에는, 그땐 우리에게 무척 예쁘게 보였던 꽃다발 곁에
코르네유를 의역한 이러한 시구가 적혀 있었습니다.

얼마나 자랑스러운 매력이 오늘날 나를 이 세상에서 하
나님께로 끌어올려 주는가? 인간에게 의지하는 사람은 얼

마나 불행한가!

　솔직히 말씀드려서 저는 이 시보다 예레미야서의 간단한 그 구절이 더 좋습니다. 아마도 제롬은 그때 이 구절에는 그다지 마음을 쓰지 않고 그 카드를 골랐을 것입니다. 그러나 그의 편지를 보면 요즈음 그의 심적인 경향은 저와 무척 닮은 것 같습니다. 그래서 저는 날마다 우리 두 사람을 하나님 곁으로 한꺼번에 가까이 해주신 데 대해 하나님께 감사하고 있습니다.

　고모님과의 대화가 생각나서 제롬에게 그 전처럼 장문의 편지를 쓰지 않기로 했습니다. 그것은 제롬의 공부를 방해하지 않기 위해서입니다. 고모님은 아마 제가 제롬의 이야기를 하는 것으로써 그만큼 더 보상을 하고 있다고 생각하시겠지요. 너무 길어진 것 같아 이만 펜을 놓겠어요. 이번에는 너무 꾸짖지 마세요.

　이 편지가 나에게 어떤 생각을 암시하고 있는가? 나는 이모의 부질없는 참견과 (알리사가 암시하였고 알리사의 침묵의 원인이 되었다는 그 이야기란 도대체 무엇일까?) 그것을 나에게 알리도록 시킨 이모의 어설픈 관심을 저주했다. 나는 지금까지 알리사의 침묵을 쓰라린 심정으로 참아 왔다. 그런데 알리사가 나한테는 하지 않은 말을 다른 사람에게 말했지만, 그 말을 내가 모르게 했더라면 더 좋았을 텐데! 이제는 모든 것이 나의 신경을 자극한다. 우리 두 사람 사이의 자세한 비밀을 이토록 쉽게 이모에게 이야기해 버리다니! 게다가 자연스러운 어조와 침착하고 진지하고 명랑한 태도…….

"천만에, 이 친구야! 이 편지가 네 앞으로 온 것이 아니란 걸 빼고는 너를 화나게 하는 건 아무것도 없어."

하고 아벨은 나에게 말했다. 나에게는 그야말로 그날그날의 말벗인 아벨은 내가 마음속을 털어놓을 수 있는 유일한 친구다. 그리고 고독할 때, 한없이 약해져 동정을 구해 하소연하고 싶을 때, 자신을 잃고 궁지에 빠졌을 때, 우리는 서로 성격이 다름에도 불구하고, 아니 그 성격이 다르다는 것 자체 때문에, 그의 충고에 대한 신뢰감으로 항상 나는 그에게 의지하고 있었던 것이다.

"어디 이 편지를 검토해 보자."

하고 그는 편지를 자기 책상 위에 펼치면서 말했다.

나는 사흘 밤을 지새우고 나흘 동안 내 마음속의 분노를 참아 왔다. 아벨이 나에게 다음과 같이 말할 수 있는 심경이 된 것은 아주 당연했다.

"줄리에트와 테시에르의 문제 같은 것은 사랑의 불길 속에 던져 버리기로 해. 안 그래? 그 사랑의 불꽃이 어떤 것인가는 우리도 알고 있잖아. 흥! 테시에르는 바로 그 불길 속에 뛰어들어 몸을 태우기 십상인 나비처럼 보이거든."

"그 이야기는 그만 하고 나머지 문제로 넘어가지."
하고 나는 말했다. 그의 농담이 불쾌했다.
"나머지 문제라니?"
하고 그는 물었다.
"모든 나머지 문제는 바로 너야. 그러나 멋대로 불평하라구! 그 편지의 어느 한 줄도 어느 한 마디도 너의 생각으로 가득 차 있지 않은 게 있어? 이 편지 전체가 너한테 씌어졌다고 해도 과언이 아니야. 이모가 그것을 네게 다시 보내 준 것은 진짜 수신인에게 전달한 데 불과한 거란 말이야. 알리사가 마지못해 사람 좋은 이모에게 쓴 것도 다 네 잘못이지 뭐. 이모에게 코르네유 시가 무슨 소용이 있겠어! 말이 나왔으니 말이지, 그 시는 라신의 시야. 알리사는 너하고 이야기하고 있어. 내가 너에게 말해 두지만, 이 모든 내용은 너한테 말하고 있어. 두 주일 이내에 알리사가 너에게 이와 꼭 같이 길고 허물없고 기분 좋은 편지를 쓰지 않는다면 너는 바보야."
"무슨 방법이 없지는 않을 텐데."
"그건 너한테 달려 있지! 충고해 줄까? 지금부터는 두 사람의 사랑이니 결혼에 대해 더 이상 아무 말도 하지 않고 가만히 있는 거야. 자기 동생의 졸도 사건이 있은 후로 오랫동안 그 일을 원망하는 거라고 너는 생각하지 않니? 그러니까 형제간의 우애를 구실삼아 자꾸만 로베르의 이야기만 알리사에게 하는 거야. 너도 마침 그 백치 같은 애를 끈기 있게 돌봐 주고 있으니까 말이야. 그저 알리사 머리만 계속 편하게 해주는 거지. 그럼 나머지 모든 일은 잘될 거야. 아! 만일 내가 그녀에게 편지를 쓴다면!"

"너는 알리사를 사랑할 만한 자격이 없어."

그렇게 말하면서도 나는 아벨의 충고를 받아들였다. 그랬더니 정말 알리사의 편지는 다시 활기를 띠기 시작했다. 그러나 줄리에트의 행복이라고까지는 말할 수 없다 하더라도, 아무튼 줄리에트의 입장이 자리잡히기 전에는 알리사로부터 참된 기쁨도 거리낌없는 마음의 평화도 기대할 수가 없었다.

동생에 대해 내게 전해 준 알리사의 소식에 의하면 점점 좋아져 간다는 것이었다. 결혼은 7월에 하기로 되어 있었다. 알리사는 그날 아벨과 내가 공부 때문에 못 올 줄 안다고 적어 보냈다. 그러나 알리사는 우리 두 사람이 결혼식에 나타나지 않기를 바란다는 것을 나는 알았다. 그래서 우리는 무슨 시험이 있다는 핑계로 다만 축하 편지를 보내는 것으로 만족했다.

결혼식 후 2주일쯤 지나 알리사는 나에게 편지를 보냈다.

사랑하는 제롬,

어제 우연히 네가 나에게 준 아름다운 라신 시집을 열어
보다가, 그럭저럭 십 년을 성서 속에 끼워 간직해 온 너의
낡은, 조그마한 크리스마스 카드에서 석 줄의 시구를 발견
하고 나는 얼마나 놀랐는지 몰라.

얼마나 사랑스러운 매력이 오늘날 나를 이 세상에서 하
나님께로 끌어올려 주는가? 인간에게 의지하는 사랑은 얼
마나 불행한가!

나는 이 시구가 코르네유의 의역의 발췌로 알고 있었고,
사실은 그렇게 대단한 것으로도 보지 않았어. 그런데 그것
은 성령 제4찬가를 읽어 나가다가, 네게 그 구절을 베껴
보내지 않고는 참을 수 없을 만큼 아름다운 시구였어. 책
여백에다 네가 써놓은 내 이름의 머릿글자로 보아서는 너
도 이미 그 구절을 알고 있음이 틀림없지만 말야(나는 내
책이나 알리사 책에 내가 좋아해서 알리사에게도 읽히고
싶은 구절이 있을 때마다 알리사의 이름 첫 자를 적어 두
는 버릇이 있었다). 상관없어! 다만 그 구절들을 베끼고
싶기에 다시 적어 보는 것이니까.

그런데 처음에는 내가 발견했다고만 생각하였던 것이 실
은 제롬이 내게 가르쳐 준 것임을 알고 약간 약이 올랐어.

하지만 그런 너절한 생각은 제롬도 그 시구를 좋아하였
다고 생각하는 나의 기쁨 앞에서 사라지고 말았어. 그것을
베끼면서 너와 함께 그것을 다시 읽고 있는 것 같은 생각

이 들었어.

불멸의 지혜의 목소리는
울려퍼져 우리에게 가르쳐 준다.
인간의 자식들아! 그대들의
근심 걱정의 결실은 무엇인가?
헛된 영혼들아, 어떤 잘못으로
혈관의 가장 맑은 피를 가지고
그대들을 먹여 살릴 피도 아닌
먹고 나면 더욱 허기만 지는
그림자를 그대들은 종종 산단 말인가?

내가 그대들에게 권하는 빵은
천사들에겐 일용할 양식이다.
하나님이 당신의 밀로
친히 가꾸어 만드신 것이다.
맛 좋은 이 빵은
그대들을 뒤따르는 세상 사람들이
자기네 식탁에는 차리지 못하는 것이다.
나를 따르는 자에게 주리라.
가까이 오라. 생명을 구하고 싶은가?
받아먹고 생명을 구하라.

당신의 명예를 짊어진 사람들은
다행히도 평화를 구하리라.

그리고 영원히 마르지 않을
샘물을 마시리라.
누구나 이 물을 마실 수 있다.
이 물은 모든 사람을 초대한다.
그러나 우리는 늘 물이 새어 나가고
속기 일쑤인 물구덩이나
흙투성이의 샘물을 찾아
미친 듯이 헤매고 있다.

얼마나 아름다운 시인지 몰라! 제롬, 얼마나 아름다우냔 말야! 정말 너도 나만큼이나 아름답게 생각하지? 내가 가진 판(版)의 간단한 주석에는 맹트농(17세기 프랑스의 여류 작가. 특히 서간문으로 유명함) 부인이 오말르 양이 부르는 이 찬가를 부르고 감탄해 줄줄 눈물을 흘리면서 다시 한 번 그 곡의 일부를 부르게 했다고 적혀 있어. 나도 이젠 그것을 암송하고 있어. 아무리 읊어도 싫증이 나지 않아. 여기서 내가 그 찬가를 읽는 것을 네가 듣지 못한다는 것이 나의 유일한 슬픔이 되는구나.

신혼 여행자들에게는 계속 좋은 소식이야. 무서운 더위에도 불구하고 줄리에트가 베이욘과 비아리츠에서 얼마나 즐거운 날을 보냈는지 너도 벌써 알고 있을 거야. 그 후 그들은 퐁타라비를 방문한 후에 뷔르고에 머물렀고, 피레네 산맥을 두 번이나 넘었다지 뭐야. 줄리에트가 방금 몽세라에서 감격적인 편지를 보내 왔어. 그들은, 9월이 오기 전에 포도 수확을 위해 모든 것을 준비하기 위해 님으로 돌아가기 전에 바르셀로나에서 열흘 간 체류할 생각이래.

일 주일 전부터 아버지와 나는 퐁괴즈마르에 와 있어. 내일이면 미스 애쉬버튼도 오고 며칠 후엔 로베르가 우리와 함께 지내려고 오기로 되어 있어. 가엾은 그 애가 시험에 실패한 것을 너도 알지? 어려웠던 게 아니라 시험관이 묘한 문제를 내어 당황했다는 거야. 열심히 공부하고 있다고 네가 쓴 편지로 봐서 로베르가 시험 준비를 하지 않았다고는 생각하지 않지만, 아마 그 시험관은 이런 식으로 학생들을 골탕 먹이길 좋아하는 모양이지.

제롬, 너의 합격에 대해서는 축하의 말을 하기가 새삼스러울 만큼 내게는 당연한 것처럼 생각돼. 제롬, 너는 나를 이토록 믿고 있어. 너를 생각만 해도 내 가슴은 희망으로 가득 차거든. 언제쯤이면 네가 말해 주었던 그 일에 착수할 수 있겠어?

……이곳의 정원은 아무것도 바뀐 것이 없는데, 다만 집이 텅 빈 것만 같아. 왜 너에게 올해는 오지 말라고 했는지 너는 알 거야. 그게 좋을 것 같아. 아무리 생각해도. 나는 날마다 그 말을 몇 번씩 하고 있어. 너를 보지 않고 그토록 오래 지낸다는 것이 괴로운 일이니까……. 때때로 나도 모르게 너를 생각하고 있어. 독서를 중단하고 문득 고개를 돌리면, 거기 네가 서 있는 것만 같아!

다시 편지를 쓴다. 밤이 깊어서 모두 잠들었다. 열려 있는 창 앞에서 나는 늦도록 이 편지를 쓰고 있다. 뜰에는 향기가 가득하고 공기는 훈훈하다. 우리가 어렸을 때 매우 아름다운 것을 보기만 하면 '하나님, 이런 것을 창조하여 주셔서 감사합니다' 하고 생각하던 그때가 생각난다. 오늘 밤 나는 진심으로 생각했어. '하나님, 이토록 아름다운 밤을 창조해 주셔서 감사합니다'라고 말이야. 그리고 문득 네가 여기 내 곁에 있으면 좋겠다고 생각했어. 너무나 절실하게 네가 옆에 있는 것같이 느껴졌기 때문에 너도 아마 그렇게 생각할 것이라는 생각이 들었어.

그래, 너도 참 편지에 쓴 일이 있었지. '선천적으로 좋은 영혼을 가진 자에게' 찬미는 감사와 통하더라고 말이야. 아직도 얼마나 많이 쓰고 싶은지 모르겠다! 나는 지금 줄리에트가 내게 말한 그 빛나는 나라를 생각하고 있어. 그보다 더 넓고 더 빛나고 더 쓸쓸한 다른 나라 생각도 말이야. 왜 그렇게 됐는지 모르지만, 우리 둘이서 함께 오늘 어느 신비로운 큰 나라를 보게 될 것 같은 야릇한 신념이 내 마음속에 깃들이고 있다.

내가 얼마나 큰 기쁨을 가지고, 얼마나 사랑에 흐느끼면서 이 편지를 읽었는지 여러분이 상상하기는 아마 어렵지 않으리라고 생각한다. 몇 통의 편지들이 연달아 왔다. 확실히 알리사는 내가 퐁괴즈마르에 가지 않는 것을 고맙게 여기고 있었다. 그리고 올해에는 자기를 만나러 오지 말라고 부탁하면서도, 알리사는 지금 내가 없는 것을 섭섭하게 여기며, 내가 있었으면 하고 바라는 것이었다. 페이지마다 나를 부르는 알리사의 목소리가 울리고 있었다. 그것을 견디어 내는 힘이 도대체 어디서 나에게 생겼을까? 아마 그것은 아벨의 충고에서 생겼으리라. 또한 이러다가 나의 기쁨을 갑자기 빼앗기지나 않을까 하는 두려움과, 내 마음이 끌리는 데 대해 절로 버티는 고집으로부터 생겼을 것이리라.

연달아 온 편지 중에서 이 이야기의 자료가 되는 것을 전부 베껴 두기로 하자.

사랑하는 제롬,

나는 네 편지를 읽으면서 기쁨에 벅차 있다. 오르비에토에서의 너의 편지에 답장을 쓰고 있는 중인데, 페루자와 아시시에서 보낸 편지가 동시에 도착했지 뭐야. 내 마음도 마치 여행이라도 하고 있는 기분이야. 몸만 여기에 있는 것같이 말이야. 사실 나는 너와 함께 움브리아의 하얀 길 위를 걷고 있어. 너와 함께 아침에 떠나서 새로운 눈으로 새벽빛을 바라보고 있어. 코르토나 언덕에서 너는 정말 나를 불렀니? 나를 부르는 소리가 들렸어…… . 아시시 위의 산 속에서는 목이 지독히 말랐을 거야. 그리고 프란시스코의 수사가 준 한 잔의 물은 얼마나 맛있었을까! 오! 제롬! 나는 너를 통해 모든 것을 바라보고 있어. 프란시스코 성자에 관해 네가 내게 써 보낸 글을 얼마나 좋아하는지 몰라! 정말이야. 그럴 수밖에. 찾아야 할 것은 사상의 해방이 아니라 그 감격인가 봐. 가증스러운 자만 없이는 되지가 않거든. 자신의 야망은 반항하는 것이 아니라 봉사하는 데로 돌려야 하는 법이야…….

님으로부터의 소식이 하도 좋아서, 이제는 기쁨에 탐닉해도 좋다고 하나님이 허락해 주신 것같이 생각돼. 다만 이번 여름의 어두운 그림자는 가엾은 아버지의 건강 상태야. 내가 보살펴 드리는데도 늘 쓸쓸해 보여. 아니 그보다도 혼자 계실 때에는 아버지께서 슬퍼하시거든. 그래서 나는 집에서 빠져나오기가 갈수록 어려워지는 것 같아. 우리 주위에서 들리는 저 자연의 모든 환희도 아버지에게는 낯선 것같이 생각되시나 봐. 그 환희 소리를 들으려고 노력조차 하지 않으셔. 미스 애쉬버튼은 여전하셔. 나는 두 분께 너의 편지를 읽어 드린단다. 한 통의 편지가 우리에게는 사흘 동안의 화젯거리가 되지. 그 후에는 다음 편지가 오고…….

로베르는 그저께 우리를 떠났어. 친구 R집에서 나머지 방학을 보내겠다는 거야. 친구의 아버지가 모범 농장을 경영하고 계신가 봐. 확실히 이곳의 생활이 동생에게는 즐겁지 않은 것 같아. 동생이 떠나겠다고 말했을 때 나는 그 계획에 찬성할 수밖에 별 도리가 없었어.

할말이 태산 같아. 한없이 이야기하고 싶은 심정이야. 때때로 나는 말도, 이렇다 할 생각도 떠오르지 않을 때가 있어. 오늘 저녁에는 꿈꾸며 쓰고 있는 것 같아. 주고받고 할 한없이 많은 말에 대해 거의 숨막힐 것 같은 느낌만을 간직하면서.

어쩌면 이토록 여러 달을 서로 침묵을 지키고 지낼 수 있었을까? 우리는 아마 동면을 하고 있었나 봐. 오! 이처럼 무서운 침묵의 겨울은 끝장이 나야 돼! 너를 다시 찾은 이후 생활도 생각도 우리의 영혼도 이 모든 것이 내게는 한없이 아름답고 찬미할 만하고 풍부한 것처럼 여겨진다.

9월 12일

피자에서 보낸 너의 편지 잘 받아 보았어. 여기도 여간 좋은 날씨가 아니야. 노르망디 지방이 이토록 아름답게 보인 적은 여태까지는 없었거든. 엊그제 나는 혼자서 여기저기 밭을 지나 오랫동안 산책했어. 햇빛과 기쁨에 도취되어 피곤하기는커녕 흥분되어 집으로 돌아왔어. 찬란한 햇빛에 번쩍이는 밀짚단들이 어찌나 아름답던지! 이탈리아에 가 있다고 생각할 필요조차 없이 모든 것이 아름답게 보였어.

그래, 네 말대로 자연의 '어렴풋한 찬가' 속에서 내가 듣고 이해하는 것은 기쁨에 대한 일종의 권유였어. 그것을 나는 새가 노래할 때마다 들을 수 있었으며 꽃마다의 향기 속에서 맡을 수 있었어. 그래서 나는 기도의 유일한 형식으로써 찬미밖에는 이해할 수가 없게 되었단다.—성 프란체스코와 함께 '하나님! 하나님! 단 한 분이신 하나님' 하고, 말할 수 없는 사랑에 벅차 가슴으로 되풀이하면서.

그러나 내가 맹신자가 되지나 않을까 하는 걱정은 하지 마. 요즈음 나는 어지간히 많은 책을 읽었어. 며칠째 내리는 비 덕분에 나는 나의 찬미가를 책 속에 움츠리고 있었어. 말브랑시 작품을 다 읽었고, 곧 라이프니츠의 《클라

르크에 보내는 편지≫를 읽기 시작했어. 그리고 머리를 식히기 위해 셸리의 ≪첸치≫도 읽었어. 재미는 없었지만 말이야. 또 ≪함수도≫도 읽었어. 이런 말을 해서 화를 낼지 모르지만, 우리가 작년 여름에 함께 읽은 키츠의 네 편의 서정 단시라면 셸리나 바이런의 시 전체에 상당할 거야. 마찬가지로 보들레르의 소네트 몇 편이 위고의 전 작품과 맞먹을 거야. '위대한' 시인이란 말은 아무런 뜻도 없는 거야. 중요한 것은 '순수한' 시인이란 점이지……. 오 내 동생! 이 모든 것을 내가 알고 이해하고 사랑하게 해준 데 대하여 고맙게 생각하고 있어. ……안 돼, 며칠 동안 만나보는 그 즐거움 때문에 여행을 단축시키지는 마. 진심으로 말해서 우리는 아직 서로 안 만나는 것이 좋아. 나를 믿어 줘. 가령 네가 내 곁에 있다 해도 내가 너를 더 많이 생각할 수는 없을 테니까. 나는 너를 괴롭히고 싶지는 않지만, 지금 네가 있었으면 하고 바라는 심정은 아니야. 말해 볼까? 오늘 저녁 네가 온다는 것을 알게 되면 나는 도망가 버릴 거야.

오! 제발 이러한 감정을 설명해 달라고 하진 마. 나는 다만 내가 언제나 제롬을 생각하고 있다는 것과 (너의 행복을 위해서는 이것으로 충분하겠지) 그리고 그 때문에 나 역시 행복하다는 것만을 알고 있을 따름이야……

이 마지막 편지가 온 지 얼마 안 있어, 그리고 이탈리아에서 내가 돌아오자, 나는 징병 소집으로 파견되었다. 그곳에는 아는 사람이라고는 없었으나 나로서는 오히려 혼자 있는 것이 좋았다. 그것은 알리사의 편지만이 나의 유일한 안식처며, 롱사르가 말했듯이 알리사의 생각만이 유일한 원현(圓現 : 아리스토텔레스가 말하는 원동력)이라는 사실이 애인인 나의 자존심에도, 또한 알리사에게도 더욱 분명해 보였기 때문이다.

참으로 우리에게 부여한 꽤 힘든 규율도 나는 무척 가볍게 견디어 냈다. 나는 모든 것에 대해 굳건히 견디어 냈고, 알리사에게 쓰는 편지에도 오직 그녀를 볼 수 없다는 것밖에는 탓하지 않았다.

그리하여 우리는 오랫동안 이별을 통해 그것이 우리가 마땅히 치러야 할 일종의 시련임을 알게 되었다. '결코 불평하지 않는 너, 실망했다고는 상상도 할 수 없는 너……' 등의 표현으로 알리사는 편지를 보내 왔다.

알리사의 이 말에 내가 어떻게 견디지 않을 수 있었겠는가?

우리가 마지막 만난 지 거의 일 년이 지나갔다. 알리사는 그런 생각은 하고 있지 않은 것 같았다. 그리고 지금부터 또다시 기다리고 있어야만 되는 걸로 생각하고 있는 것 같았다. 나는 알리사에게 그 점을 비난했다. 알리사의 답장이 왔다.

내가 너와 함께 이탈리아에 가지 않았니? 그것을 벌써 잊었다니! 나는 단 하루도 너를 떠나 본 적이 없어. 그러니 지금은 당분간 내가 너를 따라갈 수 없다는 것을 이해해 줘. 내가 이별이라고 부르는 것은 단지 이것뿐이야. 사실 나는 군복을 입은 너를 상상해 보려고 했어. 그런데 상상이 잘 되지 않거든. 기껏해야 저녁이면 강베타 거리의 조그만 방에서 무엇을 쓰거나 읽고 있는 너의 모습을 생각해 보는 것이 고작이야. 아니 그것마저? 정말이야. 일 년 후에 퐁괴즈마르나 르 아브르에서 나는 너를 만나고 싶을 뿐이니까 말이야.

일 년! 나는 지나간 날들은 세어 보지 않을 테야. 나의 희망은 서서히 다가오는 그 날을 지켜보고 있는 거야. 제롬, 뜰 안쪽의·그 낮은 담이 생각나지? 그 담 밑에 국화꽃이 피어 있고 우리는 그 위로 다니며 놀았지. 줄리에트와 너는 마치 천국을 향해 똑바로 걸어가는 회교도처럼 그 위를 용감하게 걸어갔어……. 그렇지만 나는 몇 걸음 못 가서 현기증이 났기 때문에 네가 아래에서 내게 "발 밑을 보면 안 돼. 똑바로 앞을 봐! 서지 말고 앞으로 가야 해. 목표를 정하고!" 하고 소리를 질러 대곤 했지. 그러다가 마침내—그것이 말로 일러 주는 것보다 좋았어—네가 담 끝에 기어올라와서 나를 기다려 주었지. 그러면 떨리지 않았거든. 어렵지도 않았고 말이야. 너만을 바라보면서 나는 너의 품안으로 달려갔지.

제롬, 너에 대한 믿음이 없었다면 나는 어떻게 되었을까? 나는 네가 강하다고 느끼고 싶어. 너에게 의지하고 싶거든. 약해지면 안 돼.

우리의 기다림을 일부러 오래 끌려는 일종의 반항심에서, 다시 만나지 못할까 봐 두려워하는 심정에서, 우리는 며칠 동안의 연말 휴가를 파리의 미스 애쉬버튼 곁에서 보내기로 의견의 일치를 보았다.

먼저도 말했지만 나는 그녀의 모든 편지를 다 옮겨 쓰는 것은 아니다. 다음 내용은 2월 중순쯤 받은 편지다.

그저께 파리의 거리를 지나가다 M의 쇼윈도에서, 언젠가 네가 알려 주었으나 정말로는 믿어지지가 않았던 아벨의 책이 아무렇게나 진열되어 있는 것을 보고 굉장한 충격을 받았어. 나는 참을 수가 없어 안으로 들어갔어. 하지만 표제가 하도 우스꽝스러워서 나는 점원에게 말하는 것조차 망설여졌어. 그래서 아무 책이나 사들고 서점을 나오려고 하는 순간에 마침 눈에 띄었어. 다행히도 카운터 옆에 ≪지나친 애정≫의 책더미가 손님을 기다리고 있지 뭐야. 그곳에서 그 책을 한 권 집어들고 말할 필요도 없이 백 스우의 돈을 던지고 나왔어.

나는 아벨이 자기 책을 보내 주지 않은 것이 고맙더군! 얼굴을 붉히지 않고는 그 책을 읽을 수가 없었어. 책 자체가 창피하다기보다는—내가 보기에도 추잡하다기보다는 어리석은 것이었지만—네 친구인 아벨 보티에가 그 책을 썼다고 생각하니 창피한 거지. 〈르 탕〉(프랑스의 일간지 중 하나) 지의 비평가가 거기서 발견했다는 그 '뛰어난 재능'을 페이지마다 찾았으나 허사였어. 아벨이 가끔 화제에 오르는 르 아브르의 작은 우리 사회에서는 그 책이 큰 성공을 거두고 있다는 걸 알게 되었어. 그 친구의 고칠 수 없는 경박성을 사람들이 '경쾌'니 '우아'니 하고 부르는 것을 들었어. 물론 나는 조심스러운 태도를 취하고 있었지만 말야. 그래서 나는 너한테만 나의 독후감을 이야기하는 거야. 처음엔 내가 보기에 처량하게 보이던 가엾은 보티에 목사님도 요즘에는 오히려 자만할 만한 이유가 있는 게 아닌가 하고 생각하게끔 되었거든. 주위에 있는 사람마다 보티에 목사님을 그렇게 생각하려고 노력하고 있는 셈이지. 어제 플랑티에 고모 댁에서 V부인이 그에게 갑자기 "목사님, 기쁘시겠어요. 자제분이 성공하였다구요?"라고 말하니까, 그는 약간 당황하면서도 "글쎄요, 아직까지는 뭐……." 라고 대답하였어. "그러나 곧 성공할 거예요. 그렇고말고요."라고 고모가 말하자, 확실히 악의는 없었지만 그 말투가 하도 격려하는 말투여서 다들 웃음을 터뜨렸어. 목사님까지도 말이야.

아벨이 내가 모르는 대로(大路)상의 어느 극장을 위해 준비하고 있고 벌써 여러 신문에서도 보도되고 있는 그 ≪새로운 아벨라르≫가 상연되면 도대체 어떻게 될까? 가엾은 아벨! 그가 바라고 만족할 수 있는 성공이란 정말 이런 것인가!

어제 ≪마음속의 위안≫에서 이런 구절을 읽었어. '참되고 영원한 영광을 진정으로 바라는 자는 속세의 일시적인 것에는 마음을 쓰지 않는다. 일시적인 속세를 마음속으로 경멸하지 않는 자는 진실로 하늘의 영광을 좋아하지 않음을 보여 주는 셈이다.' 그래서 나는 생각했어. '주여, 감사합니다. 이 하늘의 영광을 위해 제롬을 선택케 해주셔서 감사합니다. 그 영광에 비하면 다른 것은 무슨 가치가 있습니까?'

단조로운 군복무 중에도 한 주일 한 주일 지나 수개월이 흘러갔다. 하지만 나의 사고는 추억이나 희망밖에는 매달려 있지 않았기 때문에, 나는 시간이 더디고 지루하게는 별로 생각되지 않았다.

외삼촌이나 알리사는 오는 유월에 마침 그 무렵 해산을 기다리고 있던 줄리에트를 만나러 님 근처로 갈 작정이었다. 그러나 약간 좋지 않은 소식이 들려 두 사람은 출발을 앞당겼다. 알리사는 편지를 보냈다.

르 아브르에서 보낸 너의 편지는 마침 우리가 떠난 뒤에 도착했어. 그리고 일 주일 후에야 겨우 이곳 내 손에 들어오게 되었으니 어떻게 설명해야 할지? 일 주일 동안 내내 나는 무엇이 부족한 것 같은 초조하고 불안하고 허전한 마음으로 지냈어. 오! 나의 동생아! 정말 네가 있어야만 나는 비로소 나일 수 있고, 나 이상의 것이 될 수 있어.

줄리에트는 다시 좋아졌어. 우리는 별로 걱정하지 않고 하루하루 해산날만 기다리고 있지. 오늘 아침 내가 네게 편지 쓰는 걸 그 애는 알고 있어. 우리가 에그비에브에 도착한 다음날, 줄리에트는 내게 묻더군. "제롬은 어떻게 되었어? 늘 편지가 와?" 하고. 나도 거짓말을 할 수가 없어 그렇다고 대답했더니, "그럼 다음 편지 쓸 때 이렇게 전해 줘." 하고 줄리에트는 잠시 망설이더니, 아주 다정스럽게 웃으면서 말했어 "…… 내가 다 나았다고 말이야." 나는 사실 늘 명랑한 줄리에트의 편지를 보고 그 애가 내게 행복의 연극을 하고 있는 게 아닌가, 그러는 동안에 자기 자신이 그렇게 되어 버리는 것이 아닌가 하고 약간 염려해 왔거든. 그렇지만 오늘 동생이 행복해하는 것은 자기가 꿈꾸었던 것, 자기 행복이 좌우되었던 것처럼 보이는 것과는 전혀 별개의 것이 되었어……. 아! 행복이라고 불리는 것은 얼마나 정신과 관계가 깊은 것인지! 그리고 외부적으로 행복을 형성하는 것같이 보이는 요소들은 얼마나 가치 없는 일인지! 가리그(프랑스 남부 지방의 숲이 우거진 황야의 이름) 위를 쓸쓸하게 산책하면서 내가 했던 수많은 명상들을 여기에서는 생략하겠어. 다만 거기에 가서 내가 놀란 것은 도무지 즐겁지가 않다는 것뿐이었어. 줄리에트의 행복이 나를 만족시킬 수 있을 텐데도……. 왜 내 마음은 알지 못할 시름에 사로잡혀 헤어나지 못할까? 내가 느끼고, 적어도 인정하고 있는 이 고장의 아름다움마저, 아직 못 할 나의 시름을 더해 주고 있으니 말이야. 네가 이탈리아에서 내게 보낸 편지를 받았을 때, 나는 너를 통해 모든 것을 볼 수 있었어. 지금은 너 없이 보는 모든 것을 네게서 빼앗고 있는 것 같은 생각이 들어. 퐁괴즈마르와 르 아브르에서야 비오는 날을 위해 인내력을 길렀지만, 여기 와서는 그게 소용없이 되어 버렸어. 소용없다고 생각하니 불안해지기만 해. 이 고장 사람들의 웃음소리는 내 비위를 거슬리게 하고 있어. 아마도 내가 '쓸쓸하다'고 얘기하는 것은 저 사람들처럼 떠들어댈 수 없다는 것을 의미하는 것인지도 몰라. 전에는 아마 나의 기쁨 속에 어떤 자존심이 들어 있었던가 봐. 지금은 이 야릇한 기쁨 속에서 나는 굴욕감 같은 그 무엇이 들어 있음을 느끼거든.

여기에 온 후로 기도를 드리지 못했어. 하나님이 전과 같은 곳에 계시지 않는다는 어린애 같은 느낌이 들거든. 제롬, 그럼 안녕. 이만 펜을 놓겠어. 이와 같은 모독의 말과 나의 약함과 슬픔이 나는 부끄럽다. 그리고 우체부가 오늘 저녁 이 편지를 가져가지 않으면 내일은 분명히 찢어 버리고 말 이 모든 것을 다 털어놓고 너에게 쓰고 있다는 사실이 부끄럽기만 해.

다음 편지는 자기가 대모가 될 조카의 출생, 줄리에트의 기쁨, 외삼촌의 기쁨에 대해서만 씌어 있었고 아기에 대한 자신의 느낌에 대해서는 아무 말도 없었다. 그러나 그것은 문제가 되지 않았다.

이윽고 퐁괴즈마르에서 띄운 편지들이 오기 시작했다. 7월에는 줄리에트가 거기에 와 있었던 것이다.

에두아르 줄리에트는 오늘 아침 떠났어. 특히 내가 섭섭하게 여긴 것은 꼬마 대녀야. 반 년 후에 다시 보게 되면 못 알아볼 만큼 달라질 거야. 새로운 재롱을 부리기 시작하는 것을 지금까지 나는 거의 한 번도 빼놓지 않고 보아 왔어. '성장'이란 언제나 신비하고 놀라운 것이야. 우리가 평소에 신기하게 생각하지 않는 것은 주의심이 없기 때문이야. 얼마나 숱한 시간을 나는 이 희망에 찬 요람 속을 들여다보곤 했는지 몰라. 그 어떤 에고이즘, 어떤 자기 만족, 어떤 욕구 감퇴 때문에, 발달이라는 것이 이토록 빨리 중단되고 모든 피조물은 하나님으로부터 그토록 먼 지점에서 고정되어 버리는 것일까? 오! 그렇지만 우리가 좀더 하나님에게 가까이 갈 수만 있다면, 그리고 그렇게 하길 원한다면……. 얼마나 경쟁심이 생길 것인가!

줄리에트는 무척 행복해 보였어. 처음에는 피아노와 독서를 그만두었다기에 나도 약간 섭섭해했어. 그러나 에두아르 테시에르는 음악을 좋아하지 않을 뿐더러 책에도 별 취미가 없어. 확실히 줄리에트는 남편이 따라올 수 없을 것 같은 즐거움은 구하지 않는다는 점에서 현명한 태도를 취하고 있는 거지. 오히려 그와는 반대로 남편의 사업에 흥미를 갖고 있어. 남편도 자기 일을 모두 자세히 설명해 주는 모양이야. 올해는 사업들이 굉장히 확장된 것 같아. 그는 르 아브르에 소중한 고객을 갖게 된 것도 결혼 덕분이라고 농담삼아 말하고 있어. 로베르는 지난번 장사일로 자형을 따라 여행을 갔었어. 에두아르는 처남에게 무척 관심을 가지고 있고 그의 성격을 이해하고 있는 것 같아. 그리고 그런 일에 정말로 흥미를 갖게 되는 걸 보고도 실망하지 않고 있어.

아버지도 대단히 좋아지셨어. 줄리에트가 행복한 걸 보고 도로 젊어지신 모양이지. 그래서 농장이나 정원일에도 다시 재미를 붙이셨어. 조금 전에도 아버지는, 테시에르의 가족이 와서 머물고 있기 때문에 미스 애쉬버튼과 읽기 시작하려다가 중단하고 있던 책을 나보고 다시 큰 소리로 읽어 달라고 하셨어. 내가 읽어 드린 책은 회브너 남작의 여행기야. 나도 그 책이 퍽 재미있다고 생각해. 그리고 이제부터는 책 읽을 시간이 많아졌어. 하지만 네가 권하는 책을 기다릴게. 오늘 아침에도 책 몇 권을 뒤적여 보았지만 한 권도 재미있어 보이는 것은 없었거든!

이 무렵부터 알리사의 편지들은 더욱 어수선해지고 절박해져 갔다. 여름이 끝나 갈 무렵에는 이런 편지가 왔다.

걱정할까 봐 두렵지만 내가 얼마나 너를 기다리고 있나를 말하지 않을 수 없어. 너를 만나기까지의 하루하루가 나를 무섭게 짓누르고 있어. 아직도 두 달! 지금까지 너와 헤어져 있던 시간 전체보다 그 시간이 더 길게만 여겨진다! 못 견디게 기다려지는 나의 마음을 달래려고 별별 궁리를 다해 보아도 모든 것이 내게는 어리석고도 일시적인 것처럼 여겨지고, 아무것으로도 내 마음을 안정시킬 수가 없어. 책은 효력도 매력도 없고, 산책도 마음에 내키지 않으며, 정원은 퇴색하고 향기도 없어졌어. 네가 겪는 고된 군대 복무, 네 자신이 스스로 택한 것이 아닌 그의 무적인 훈련, 항상 네 자신으로부터 떼어 놓고 너를 피곤하게 하며, 하루하루를 빨리 가게 하여 저녁이면 피곤에 지쳐 잠 속으로 몰아넣는 그 훈련이 나는 무척 부럽기만 해. 훈련에 대해 네가 적어 보낸 그 감동적인 묘사는 내 마음을 사로잡았어. 잠 못 이루는 최근의 며칠 밤은 몇 번이나 기상 나팔 소리에 펄쩍 깨어 일어나곤 했어. 정말로 나는 그 나팔 소리를 들었어. 네가 말한 가벼운 도취감과 아침의 그 상쾌함과 일종의 그 현기증을 나는 잘 상상할 수 있어, 새벽의 싸늘한 눈부신 광선 속에서, 그 말제빌의 언덕은 얼마나 아름다웠을까!

얼마 전부터 조금 몸이 좋지 않은 것 같아. 오! 대단한 건 아니야. 단지 너를 좀 지나치게 애태우며 기다리고 있는 것뿐이야.

그리고 여섯 주가 지났다.

이것은 나의 마지막 편지가 되겠지. 네가 돌아올 날짜가 아직 정해지지 않았다 해도 그렇게 많이 늦어지지는 않겠지. 이젠 네게 편지를 쓸 수 있게 될 거야. 퐁괴즈마르에서 나를 만나 보고 싶겠지만 계절도 좋지 않고 몹시 추워. 아버지는 그저 시내로 돌아가자는 말씀뿐이셔. 지금은 줄리에트도 로베르도 함께 있지 않으니까 너를 편히 묵게 할 수 있지만 아무래도 플랑티에 고모 댁에 묵도록 하는 것이 좋을 것 같아. 고모 역시 네가 오는 것을 좋아하시니까 말이야.

우리가 만날 날이 다가올수록 기다리는 나의 마음은 더욱 안타깝기만 해. 거의 두려움에 가깝다고나 할까. 그토록 네가 오기만을 바랐는데도 지금은 겁이 나 죽겠어. 더 이상 생각하지 않으려고 해도 마음대로 되지 않아. 네가 누르는 초인종 소리와 너의 발소리를 상상만 해도 나의 심장은 멈출 것만 같아. 가슴이 답답해 오고……. 내가 너하고 말할 수 있으리라고는 기대하지 마. 거기서 나의 과거가 끝나 버릴 것 같은 느낌이니까. 그 저쪽에는 아무것도 보이지 않고 나의 생명이 멈추어 버릴 것 같은…….

그 후, 내가 제대하기 일 주일 전에 나는 다시 짧은 한 통의 편지를 받았다.

제롬, 르 아브르에서 오랫동안 체류하여, 우리의 재회 순간을 오래 끌지 않겠다는 데는 나도 대찬성이야. 우리가 이미 편지로 주고받은 것말고 또 무슨 할 말이 있을라구? 수강 신청 때문에 28일까지 파리로 돌아가야 한다면 주저할 것 없어. 이틀밖에 우리가 있을 수 없다는 것을 섭섭해할 필요도 없어. 우리 앞에는 끝없는 앞날이 있잖아.

VI

우리가 처음 만난 곳은 플랑티에 이모 집에서였다. 나는 군대 생활 때문에 갑자기 둔해지고 왠지 서먹서먹해진 것을 느꼈다. 알리사도 내가 변했다고 생각했음에 틀림없다. 그렇지만 우리 두 사람 사이에 이러한 헛된 첫인상이 뭐가 대수롭단 말인가? 나는 나대로 옛날 그대로의 알리사를 다시 찾아내지 못할까 봐 두려워서 처음엔 감히 알리사를 바라볼 수가 없었다. 아니, 그보다도 우리를 당황하게 한 것은 오히려 우리에게 억지로 떠맡기려고 한 약혼자라는 쑥스러운 역할, 둘만 있도록 우리 앞에서 물러나려고 한 이모의 그 친절이었다.

"글쎄, 고모님, 조금도 방해될 건 없어요. 우리는 서로 이야기할 비밀이 없으니까요." 하고 알리사는 자리를 공연히 피하려고 애를 쓰는 이모 앞에서 그만 소릴 질렀다.

"그래, 그래, 얘들아, 나는 너희들을 잘 알고 있어. 오래 만나지 않고 있으면 이것저것 할 말이 태산 같은 법이지……."

"제발, 고모님, 가시면 오히려 우리 마음을 섭섭하게

하시는 거예요.”

　그 말투는 거의 화가 난 것 같아 알리사의 목소리 같지 않았다.

　“이모님, 이모님이 가버리시면 우리는 한 마디도 하지 않겠어요.”

　웃으면서 나는 덧붙였다. 그러나 우리 둘만 남게 될 것에 대해 어떤 공포감에 사로잡혀서 이렇게 말했던 것이다. 그리하여 우리 세 사람 사이에는 저마다 자신의 불안감을 감춘 이면에 억지로 활기를 띠어 보기에는 명랑하고 평범한 대화가 다시 시작되었다. 외삼촌이 나를 점심에 초대했기 때문에, 그 이튿날 우리는 다시 만나기로 되어 있었다. 이렇게 해서 우리는 희극으로 끝내는 것이 다행인 첫날 저녁에 아무 일 없이 헤어졌다.

　나는 식사 시간 훨씬 전에 갔다. 그러나 알리사는 어떤 친구와 이야기를 하고 있었다. 그런데 알리사는 그 친구를 보내려 하지 않았고 그 친구도 돌아가려고 하지 않았다. 마침내 그 친구가 가고 둘만 남게 되자 나는 왜 그 친구를 점심 식사에 붙들지 않았느냐고 놀라는 체했다. 우리는 둘 다 밤에 잠을 이루지 못해 신경이 몹시 날카로워 있었다. 외삼촌이 오셨다. 알리사는 내가 외삼촌도 이젠 늙으셨다고 생각하는 것을 눈치챘다. 외삼촌은 귀가 어두워 내 목소리를 잘 알아듣지 못했다. 그래서 알아듣게 하느라고 소리를 지르다 보니 내 말은 어리벙벙하게 되고 말았다.

점심 식사 후 플랑티에 이모는 약속한 대로 마차로 우리를 데리러 왔다. 이모는 알리사와 내가 돌아오는 길에 가장 기분 좋은 거리를 걷게 할 생각으로 우리를 오르세에 데리고 갔다.

계절보다 더운 날씨였다. 우리가 걸었던 산비탈 길은 햇빛에 드러나 살풍경하였다. 잎이 떨어진 나무들은 우리에게 그늘진 자리도 제공하지 않았다. 이모가 우리를 기다리고 있는 마차 있는 곳까지 가야 한다는 걱정이 앞서 우리는 억지로 발걸음을 재촉했다. 편두통이 시작된 내 머릿속에는 아무런 생각도 떠오르지 않았다. 태연스럽게 보이려고, 아니면 말 대신이라도 되는 것처럼 생각하여 나는 걸어가면서 알리사의 손을 잡았다. 알리사도 손을 내맡기고 있었다. 마음은 설레고 걷느라고 숨도 차고 말없이 어색해진 우리는 얼굴이 충혈되었다. 나는 관자놀이가 팔딱거리는 소리를 들었다. 알리사도 불쾌할 정도로 상기되어 있었다. 이내 땀에 젖은 손을 서로 잡고 있기가 멋쩍어서 우리는 손을 놓았고 두 손은 맥없이 아래로 떨어지고 말았다.

우리는 너무 서둘렀다. 그래서 우리는 마차보다도 훨씬 먼저 네거리에 도착했다. 이모는 일부러 우리에게 이야기 나눌 시간을 주려고 딴 길로 해서 아주 천천히 마차를 몰게 했던 것이다. 우리는 경사진 곳에 앉았다. 그때였다. 온통 땀투성이가 된 우리들 사이로 차가운 바람이 갑자기 불어와 우리 몸을 오싹하게 했다. 그래서 일어나 마차를 타러 마중을 나갔다. 그런데 더욱더 곤란한 것은 아무것도 모르는 이모의 성가신 염려였다. 이모는 우리가 굉장히 많은 이야기를 한 줄 알고 우리의 약혼에 대해 이것저것 묻는 것이었다. 알리사는 더 참을 수가 없어 눈에 눈물을 글썽거리며 머리가 몹시 아프다고 핑계를 댔다. 이리하여 귀가길에도 말없이 돌아오고 말았다.

다음날 깨어 보니 기진맥진한데다 감기 기운까지 있어 몸이 괴로워, 오후에야 뷔콜렝 댁으로 돌아갈 결심을 했다. 공교롭게도 알리사는 혼자가 아니었다. 펠리시 이모의 손녀인 마들렌 플랑티에가 거기에 와 있었다. 이 꼬마와 알리사가 자주 이야기하기를 좋아한다는 것을 나는 알고 있었다. 알리사는 며칠 동안 할머니 집에서 머물고 있었다. 내가 들어서자 알리사는 소리쳤다.

"여기서 산길로 돌아가면 우리도 함께 그곳에 올라가겠어요."

나는 기계적으로 동의했다. 그러므로 나는 알리사와 단둘이 있을 수가 없었다. 그렇지만 이 귀여운 아이가 있는 것이 우리에게는 도움이 된 것도 같았다. 무엇보다도, 전날처럼 견디기 어려운 어색함을 느끼지 않아도 되었다. 대화가 우리 셋 사이에서 쉽게 이루어져 내가 처음에 염려했던 것만큼 시시하지는 않았다. 내가 작별 인사를 했을 때 알리사는 이상하게도 미소를 짓고 있었다. 아마도 알리사는 그 이튿날 내가 떠난다는 것을 그때까지 모르고 있었던 모양이다. 더구나 머지않아 곧 다시 만나게 된다는 생각이 내 작별 인사에서 섭섭한 기분을 조금은 가시게 했나 보다.

그러나 저녁 식사 후 막연한 불안에 사로잡힌 나는 시내로 다시 내려가서 약 한 시간 가량 헤매다가, 뷔콜렝 외삼촌 댁 초인종을 누르기로 결심했다. 나를 맞아 준 사람은 외삼촌이었다. 알리사는 몸이 괴로워 벌써 자기 방으로 가버렸고 아마 곧 자리에 누운 모양이었다. 나는 외삼촌과 잠깐 이야기를 한 다음 그곳을 다시 나와 버렸다.

하도 예기치 않던 일들이 겹쳐 화가 치밀었으나 탓해 본들 아무 소용이 없었다. 하기는 모든 것이 우리에게 유리하게 되어 있었다 해도 우리는 짐짓 거북하게 행동했을지 모른다. 그러나 알리사 자신까지도 그런 기분을 느끼고 있었다는 것이 무엇보다 나를 슬프게 했다. 이 편지는 내가 파리에 돌아와 얼마 안 되어 받은 편지다.

제롬, 얼마나 처량한 재회였는지 몰라. 너는 잘못이 다른 사람에게 있다고 말하겠지만, 너 자신도 확실히 그렇다고 생각할 수는 없을 거야. 지금 내 생각 같아서는 늘 이럴 것만 같아. 아! 제발 우리는 다시 만나지 않기로 해!

우리는 서로 하고 싶은 말이 태산 같은데도 그 거북함, 궁지에 말려들어간 듯한 느낌, 그 마비 상태, 그 침묵은 도대체 웬일일까? 네가 돌아온 첫날은 그와 같은 침묵까지도 나는 좋았어. 그 침묵은 곧 사라지고 네가 아주 재미있는 이야기를 해줄 것으로 생각했기 때문이야. 그렇게 하기 전에는 너는 떠나지 않을 거라고 생각했어.

그런데 오르세에서의 우리의 멋쩍은 산책이 말없이 끝나 버렸음을 알았을 때, 그리고 특히 잡았던 우리의 손이 서로 풀려 예상외로 처져 버렸을 때, 내 마음은 슬픔과 괴로움으로 그만 맥이 탁 풀어지는 것만 같았어. 그리고 나의 마음을 더욱 슬프게 한 것은, 네 손이 내 손을 놓았다는 것보다, 설사 네가 놓지 않았다 할지라도, 아마 내가 먼저 놓아 버렸을 거라는 느낌이었어. 그것은 내 손도 이미 너의 손 안에 잡힌 것이 별로 즐겁지 않았기 때문인가 봐.

이튿날—언제였지—나는 아침 나절 내내 미칠 듯이 너를 기다렸어. 집에 있기에는 너무 초조해서 나는 네게 방파제 위에서 기다리고 있겠다고 적어 놓은 쪽지를 남기고 밖으로 나왔어. 물결 높은 바다를 오랫동안 하염없이 바라보고 있었으나 너 없이 혼자 바라보는 것이 너무나 괴로워서 그만 집으로 돌아왔어. 문득 네가 내 방에서 기다리고 있을 것 같은 착각이 들었거든. 나는 오후에 시간이 없다는 것을 알고 있었어. 전날 마들렌이 놀러 오겠다고 알려 왔기에 너를 아침에 만나면 되겠다 싶어 오라고 했지 뭐야. 하지만 어쩌면 그 애가 있어서 우리는 우리의 재회에서 가장 즐거운 시간을 가졌던 게 아닐까? 나는 잠시 동안 이토록 편안하게 해주는 대화가 오랫동안 계속될 것 같은 이상한 환상에 사로잡혔어. 그래서 그녀와 함께 앉아 있는 소파로 네가 가까이 와서 내게 몸을 굽혀 작별 인사를 했을 때, 나는 아무런 대답도 나오지 않았던 거야. 모든 것이 끝장난 것만 같았어. 그러자 그 순간 갑자기 네가 떠난다는 것을 깨달았어.

네가 마들렌과 함께 나가기가 무섭게, 이런 일은 있을 수 없는 일이며 견딜 수 없는 일이라는 생각이 들었어. 나는 곧 뒤를 따라나갔지. 좀더 이야기하고 싶어서……. 네가 다하지 못한 말들을 모조리 다 하고 싶어서. 그런데 벌써 너는 플랑티에 고모 집으로 달려가고 없었어. 너무 늦었어. 나에게는 시간도 없었고 돈도 없었고……. 나는 절망에 빠져 집으로 돌아와 네게 편지를……. 그런데 나는 이런 작별의 편지는 쓰고 싶지 않았어. 결국 우리가 주고받은 편지라는 것도 커다란 신기루 같은 것에 지나지 않았으며, 서로서로 다만 자기만을 위해 편지를 쓰고 있는 데 불과하다는 것을 절실히 깨달았어……. 아! 제롬! 오! 우리는 항상 멀리 떨어져 있었던 거야!

사실은 나는 이 편지를 찢어 버렸었어. 하지만 지금 나는 네게 다시 편지를 쓰고 있어. 거의 같은 내용의 편지를. 오! 너를 덜 사랑하는 것은 아니야. 제롬! 그와 반대로 네

가 내게 다가오자 갑자기 느껴지는 설렘과 거북함이 내가
얼마나 깊이 너를 사랑하고 있는지 절실히 느끼게 해주었
어. 그러나 절망적인 느낌과 함께, 알겠어? 그건 솔직히
말해 멀리서 나는 너를 더욱 사랑하게 되니까. 전부터 벌
써 그런 생각이 들었어. 슬프게도! 그토록 바랐던 이번 재
회로 나는 비로소 분명하게 알게 되었어. 제롬도 그렇게
생각하지 않으면 안 돼. 잘 있어. 이토록 사랑하는 동생아.
하나님께서 너를 보호하고 인도해 주시기를. 그분에게만
사람들은 아무 탈 없이 접근할 수 있어.

그리고 이 편지만으로는 나를 괴롭히기에 충분하지
않다고 생각했는지, 다음날 이와 같은 추신을 덧붙여
보내 왔다.

나는 우리 둘에 관계되는 일에 대해 좀더 신중한 태도를
취해 달라고 부탁하지 않고서는 이 편지를 띄우고 싶지 않
아. 너와 나만이 알고 있어야 할 것을 줄리에트가 아벨에
게 이야기하였기 때문에, 너는 나의 기분을 여러 번 상하
게 했어. 이러한 사실이 바로 나로 하여금 네가 짐작하기
훨씬 전부터, 너의 사랑이 두뇌의 사랑, 애정과 성실성이
섞인 훌륭한 집념임을 깨닫게 해주었어.

내가 이 편지를 아벨에게 혹시나 보여 주지 않을까
두려워서 이 마지막 몇 줄을 더 썼을 것이다. 도대체

어떤 불신적인 통찰력이 알리사를 그토록 조심스럽게 만든 것일까? 전에 내 말에서 아벨의 충고의 흔적이라도 발견했단 말인가?

그 후 나는 아벨과 거리감을 갖게 되었다. 우리는 각각 다른 길을 걷고 있었던 것이다. 그러니 이 슬픔의 괴롭고 무거운 짐을 나 혼자 짊어지라는 것이라면 이런 충고는 정말 필요 없는 일이다.

그 후 3일 동안은 오로지 탄식으로만 세월을 보냈다. 나는 알리사에게 답장을 쓰려고 했다. 그렇지만 나의 지나친 토론이나 너무 심한 항의나 대수롭지 않은 서투른 말 때문에, 우리의 상처를 고치기 어려울 만큼 깊게 하지나 않을까 두려워했다. 나는 나의 사랑이 몸부림치는 편지를 스무 번도 더 다시 쓰곤 하였다. 나는 오늘 눈물로 흠뻑 젖은 그 편지를, 마침내 알리사에게 보내기로 결심한 그 편지를 눈물을 흘리지 않고는 다시 읽을 수가 없다.

알리사! 나를 불쌍하게 여겨 줘. 그리고 우리 두 사람을! 알리사의 편지는 나를 괴롭히고 있어. 너의 그러한 염려들을 일소에 붙일 수 있다면 얼마나 좋을까! 그래, 나도 네가 내게 쓴 모든 것을 알고 있어. 그렇지만 나는 그것을 자인하는 것이 괴로웠던 거야. 일종의 상상에 불과한 것에 너는 얼마나 끔찍한 현실을 부여하고 있는지 몰라! 그리고 왜 그것을 우리 두 사람 사이에서 더욱 깊게 하려는 거지?

만약 네가 나를 덜 사랑하고 있다고 생각한다면……. 아! 네 편지도 부정하고 있는 잔인한 가정을 나는 하고 싶어. 알리사! 사리를 따지려고 들자 내 말은 금방 얼어 버리고 만다. 그리고 내 마음의 신음 소리밖에 들리지 않는다. 나는 너를 너무 사랑하기 때문에 재주를 부릴 수 없어. 그리고 너를 사랑하면 사랑할수록 나는 너에게 말하는 게 서툴러져. '두뇌의 사랑'이라고? 도대체 이 말에 뭐라고 대답하기를 바라는 거지? 내가 전심전력을 기울여 너를 사랑하고 있는데 지성과 감정 사이를 구별할 수 있단 말인지 모르겠어? 하여간 우리가 주고받는 편지가 너의 모욕적인 비난의 원인이 될 바에는, 그 편지로 높여졌던 우리가 현실 속에 떨어지고 그토록 모질게 상처입을 바에는, 지금 와서 네가 내게 편지 쓰는 것이 너만을 위해 쓰는 것이라고 느낄 바에는, 나도 이 마지막 편지와 같은 새로운 편지가 계속되어 나로서는 견디어 낼 만한 힘이 없을 바에는, 제발 우리 사이의 모든 편지 왕래는 당분간 중단하고 싶어.

이 편지에 이어 알리사의 판단에 항의하면서, 나는 알리사에게 이의를 제기하고 다시 만날 약속을 간청했다. 지난번에 만났을 때는 모든 조건이 순조롭지 않았던 것이다. 무대 장치도, 단역도, 계절도. 게다가 그때까지 열렬했던 편지 왕래까지도 두 사람이 만나는 준비를 차분하게 해주지 못했던 것이다. 이번 우리의 재회에는 오직 침묵만이 있어야 할 것이다. 나는 봄에 퐁괴즈마르에서 알리사를 만나고 싶었다. 거기서라면 과거가 나에게 유리하도록 변호해 줄 것이고 외삼촌도 나를 반겨 줄 것이므로. 부활절 휴가 동안 그곳에 체류할 날짜에 대해서는 모두 알리사에게 일임하기로 했다.

나의 결심은 확고부동했다. 그래서 나는 편지를 보내자마자 공부에 열중할 수 있었다.

그 해가 가기 전에 알리사를 만나게 되었다. 수개월 전부터 건강이 나빠진 미스 애쉬버튼이 크리스마스를 나흘 앞두고 돌아가셨다. 제대 이후 나는 다시 그녀와 함께 살고 있었고 그녀를 떠나 본 적이 없었으므로 그녀의 임종도 볼 수 있었다. 알리사의 엽서를 받고 나는 그녀가 이번의 불행보다도 우리들의 침묵의 맹세를 더욱 소중히 보고 있는 것을 알았다. 즉, 그녀는 단지 외삼촌이 참석할 수 없는 장례식에 참석하기 위해 왔으며 다음 기차로 가겠다는 것이었다.

영결식 때에도, 이어 영구를 따라갈 때에도, 알리사와 나 우리 두 사람밖에는 거의 없었다. 서로 나란히 걸어가면서도 우리는 겨우 몇 마디 말을 주고받았을 뿐이었다. 그러나 교회에서는 알리사가 내 곁에 앉아서 다정스럽게 나를 바라보는 시선을 몇 번이나 느낄 수 있었다.

"그럼 됐어."

알리사는 나와 헤어질 때 이렇게 말했다.

"부활절까지는 우리도."

"그래, 그렇지만 부활절에는……."

"기다릴게."

우리는 묘지 입구에 서 있었다. 나는 역까지 바래다 주겠다고 했으나, 알리사는 마차를 불러 세우고 이별의 인사도 없이 나를 남기고 가버렸다.

<h1 style="text-align:center">VII</h1>

"알리사가 정원에서 너를 기다리고 있어."

사월도 다 갈 무렵 내가 퐁괴즈마르에 도착했을 때, 외삼촌은 아버지처럼 나를 껴안고 나서 이렇게 말했다. 처음에는 곧 뛰어나와 나를 맞아 주지 않아 실망했으나, 만나는 첫 순간 나누어야 할 상투적인 인사말을 하지 않아도 좋게 해준 데 대해 알리사에게 오히려 고마움을 느꼈다.

알리사는 정원 안쪽에 있었다. 일년 중 이맘때면 꽃이 만발하는 라일락, 마가목, 양골담초, 베절리아꽃 덤불이 빽빽이 둘러싼 그 원형 광장으로 나는 걸어갔다. 너무 멀리서 알리사를 보지 않으려고, 아니 알리사가 내가 오는 것을 보지 않도록 나는 정원 맞은편으로 해서, 가지가 나지막하게 서로 얽혀 있어 공기가 싸늘하고 컴컴한 오솔길을 따라갔다. 나는 천천히 걸어갔다. 하늘은 나의 기쁨처럼 따뜻하고 빛나고 시원하게 개어 있었다. 그녀는 내가 다른 오솔길로 오리라고 생각하여 나를 기다리고 있었다. 나는 알리사가 나의 접근을 알지 못하게 알리사 뒤로 가까이 가서 멈춰 섰다. 그리고 시간도 나와 함께 정지할 수 있는 것처럼, 바로 그 순간이 행복에 앞서는 순간일 때는 아마도 가장 감미로운 순간일 것이라고, 행복 자체도 이만하지는 못할 것이라고 나는 생각했다.

나는 알리사 앞에 무릎을 꿇고 싶었다. 내가 한 걸음 다가서자 알리사는 알아차렸다. 놓고 있던 수를 떨어뜨리며 벌떡 일어나 나를 향해 팔을 내밀고 내 어깨 위에 손을 얹었다. 한참 동안 우리는 그대로 있었다. 그녀는 팔을 펴고 미소지은 얼굴을 숙이고 아무 말 없이 다정하게 나를 바라보고 있었다. 알리사는 온통 흰옷을 입고 있었다. 지나칠 정도로 의젓한 그녀의 얼굴에 어린애 같은 미소가 깃들여 있음을 나는 보았다.

"이봐, 알리사."
하고 나는 갑자기 소리쳤다.

"앞으로 12일 동안 시간이 있어. 그러나 네가 싫다면 하루도 더 있지 않겠어. '내일 퐁괴즈마르를 떠나야 해'라고 말하는 대신 어떤 표시를 정해 두기로 하지. 그러면 내일 당장 아무런 항의도 불평도 없이 나는 떠날 테니까. 좋겠어?"

미리 준비해 두지 않았던 말이지만 오히려 쉽게 말할 수 있었다. 알리사는 잠시 생각하더니,

"저녁에 식사하러 나올 때 네가 좋아하는 수정 십자

가를 목에 걸고 있지 않거든……. 알겠지?"

"그게 나의 마지막 저녁이란 말이지?"

"그렇지만 네가 울지도 않고 한숨도 쉬지 않고 떠날 수 있을까?"

"작별 인사도 하지 않고 떠날 거야. 그 마지막 저녁도 내가 그 전날 저녁에 그렇게 한 것처럼, 처음에는 너도 '표시를 잘못 한 게 아닐까?' 자문할 정도로 깨끗하게 물러나겠어. 그렇지만 그 다음날 아침 네가 나를 찾을 때는, 나는 이미 여기에 없을 거야."

"다음날 나는 너를 더 이상 찾지 않을 거야."

그녀는 내게 손을 내밀었다. 나는 그 손을 내 입술로 가져가면서 말했다.

"지금부터 그 숙명적인 저녁까지 내가 이미 전혀 짐작하지 못할 암시는 하지 마."

"너도 이별의 암시는 하지 마."

지금이 바로 우리 사이에 생길지도 모르는 심각한 재회의 거북스러움을 깨뜨릴 때였다.

"네 곁에서 지낼 며칠 동안이 우리에게 다른 날과 똑같았으면 좋겠어. 둘 다 요 며칠간을 특별한 날이라고 생각하지 않았으면 좋겠어. 그리고…… 처음에는 너무 의식적인 이야기를 하지 않았으면 좋겠어."

알리사는 웃음을 터뜨렸다. 나는 덧붙였다.

“무엇인가 둘이서 함께 할 수 있는 것이 없을까?”

우리는 전에도 늘 정원 일을 즐겨 했다. 얼마 전에 경험 없는 정원사로 바뀌어서, 두 달 가량 내버려 두었던 정원은 할 일이 무척 많았다. 장미나무들도 손질이 제대로 되어 있지 않았다. 어떤 것들은 발육이 강해 죽은 가지가 잔뜩 붙은 채로 있었고, 다른 장미나무들은 덩굴이 퍼져나가는 바람에 받쳐 주지 않아서 땅으로 내려앉았다. 또 군자들은 다른 가지의 발육을 방해하고 있었다. 대부분 우리가 접붙인 것들이어서, 우리는 그 나무들을 알아볼 수 있었다. 이러한 손질에 시간이 꽤 오래 걸려서, 처음 사흘 동안은 진지한 이야기를 하지 않고도 우리는 많은 이야기를 할 수 있었으며, 잠자코 있을 때도 육중한 침묵을 별로 느끼지 않고 지낼 수 있었다.

이렇게 우리는 서로 종전의 습관으로 돌아갈 수 있었다. 나는 어떤 설명보다도 이러한 습관적인 일에 더 기대를 가졌다. 헤어져 있었다는 기억마저 벌써 우리 사이에는 지워져 가고 있었고, 번번이 내가 알리사에게서 느끼던 두려움도, 알리사가 나에게 겁을 내곤 하던 마음의 긴장도 줄어가고 있었다. 지난 가을에 방문했을 때보다 더 젊어진 알리사는 그 어느 때보다 더 예쁘게 보였다. 나는 아직 알리사에게 키스도 한 적이 없었다.

저녁마다 알리사의 블라우스 위에서 금줄에 매달린 작은 수정 십자가가 반짝이는 것을 보았다. 자신을 얻은 내 마음속에는 희망이 되살아나고 있었다. 뭐라고 할까? 희망? 아니 그것은 이미 확신이었다. 그리고 그것은 또한 그녀도 느끼고 있을 것이다. 왜냐하면 나는 자신을 그다지 의심하지 않았으므로 알리사를 의심할 수는 더욱 없었기 때문이다. 차츰 우리 이야기는 대담해져 갔다.

"알리사."

어느 날 아침, 상쾌한 공기가 맑게 퍼져 있고 우리의 가슴이 꽃처럼 활짝 피어 있는 그날 아침에 나는 알리사에게 말했다.

"줄리에트는 지금도 역시……."

나는 알리사를 바라보면서 천천히 말했다. 갑자기 알리사는 놀랄 만큼 창백해졌다. 그 바람에 나는 나의 말을 끝맺지 못했다.

"제롬!"

하고 알리사는 말을 꺼냈다. 그리고 나를 향해 시선을 돌리지도 않은 채,

"네 곁에 있으면 이런 행복이 또 있을 것 같지 않을 정도로 나는 행복해. 그렇지만 믿어 줘. 우리는 행복하기 위해 태어난 것은 아니야."

"그렇다면 영혼은 행복말고 무엇을 좋아한단 말이지?"

하고 나는 격렬하게 소리쳤다. 알리사는 작은 목소리로 말했다.

"거룩한 것을……."

하도 나직한 목소리여서 나는 그 말을 들었다기보다는 그렇게 말했으리라고 짐작했을 뿐이다.

나의 모든 행복이 날개를 펴 나에게서 도망쳐 하늘로 날아가 버렸다.

"알리사가 있어 주지 않으면 나는 그 행복을 읻을 수 없어."

나는 그녀의 무릎 위에 이마를 묻고 슬픔이 아니라 사랑 때문에 어린애처럼 울면서 되풀이했다.

"알리사가 없으면 안 돼, 안 된단 말이야!"

그러고는 그날도 여느 때처럼 지나갔다. 그러나 저녁 때였다. 알리사가 그 자수정 십자가를 달지 않고 나타났다. 나는 약속대로 이튿날 새벽에 출발했다.

그 다음날 제사(題詞) 대신에 세익스피어의 시구가 몇 줄 인용돼 있는 다음과 같은 이상한 편지를 받았다.

그 곡을 다시 한 번 들려 다오―사라지는 듯한 그 곡조를
오, 그것은 시원한 남풍처럼 나의 귓가에 들리었도다
오랑캐꽃 핀 둑 위를 산들 불어와 꽃향기를 훔쳐다가 들
려주곤 하는 그 바람처럼
―이제 그만, 지금은 아까만큼 시원하지가 않구나

-12夜 곡에 나오는 대사

찾았어! 나도 모르게 아침에 너를 찾았어. 제롬, 나는
네가 떠났다고는 믿어지지가 않았어. 약속을 지킨 제롬이
오히려 원망스러웠어. 장난일 것이라고 생각했어. 덤불 뒤
에서 네가 불쑥 나타날 것만 같았어. 그렇지만 허사였어!
너의 출발은 사실이었어. 고맙더군.

그리고 그날 하루 종일 너에게 해주고 싶은 어떤 생각들
이 나의 머리를 떠나지 않았어. 그리고 만약 내가 그것을
전하지 않으면 나중에 가서 너한테 할 일을 못 한 것 같
은, 어쩌면 너의 책망을 들을지도 모른다는 이상하고도 뚜
렷한 두려움이 나를 사로잡았어.

나는 퐁괴즈마르에서 네가 체류하는 처음 며칠 동안은
네 곁에서 온몸으로 느꼈던 이상스러운 그 만족감에 놀랐
지만, 이내 불안감을 느꼈어. '그 이상 바랄 수 없는 만족
감!'을. 네가 말한 대로. 아! 그것이 바로 나를 불안하게
한 거야.

제롬, 내 말을 오해할까 봐 걱정돼. 더군다나 내 마음의
가장 심하고 격렬한 감정의 표현에 지나지 않는 것을 네가
하나의 빈틈없는 추론(오! 어지간히 서투른 추론이지만)으

로 보지 않을까 몹시 마음에 걸려.

'만족하지 않으면 그것은 행복이 아니다'라는 말이 생각 날 거야. 그렇다고 대답할 수밖에 없었어, 그때는. 그렇지만 제롬, 아니야. 그것은 우리를 만족시켜 주지는 않아. 그 것이 우리를 만족시켜서는 안 되는 거야. 환희에 가득찬 만족. 나는 그것이 참된 것이라고는 볼 수 없어. 우리는 이 번 가을에 그것이 어떤 괴로움을 감추고 있었다는 것을 잘 알았잖아?

참된 것이라고! 아! 하나님이 우리를 보호하실 거야. 그 러한 만족이 진실이 아니기를 바라겠어. 우리는 다른 행복 을 위해 태어났어.

지난번 우리의 편지 교환이 올 가을 우리의 재회를 망쳤 던 것처럼, 이제 너와 함께 있었던 기억은 오늘 나의 편지 에 환멸을 느끼게 하는구나. 너한테 편지를 쓰면서 느끼던 그 황홀감은 어떻게 된 것일까? 편지 때문에, 만나는 것 때문에 우리의 사랑이 바랄 수 있는 가장 순수한 기쁨을 모조리 고갈시켜 버렸던 거야. 그래서 지금 나도 모르게 〈12夜〉의 오르시노처럼 '이제 그만, 지금은 아까만큼 달콤 하지가 않아' 하고 외치는 거야.

안녕, 나의 벗이여, '하나님의 사랑이 여기서 비롯한다.' 아! 내가 너를 얼마나 사랑하고 있는지 너는 몰라……. 이 생명 다하도록 나는 너의 것…….

알리사

덕행이란 함정에 대해 나는 막아낼 도리가 없었다.

모든 영웅주의 심리가 나의 눈을 현혹하여 나를 끌어들였다. 나는 그것을 사랑과 구별하지 않았기 때문이다. 알리사의 편지는 나를 그냥 무작정 감격에 도취시켰다. 내가 알리사를 위해서만 보다 높은 덕을 지향하고 노력했던 것은 사실이다. 어떠한 좁은 길이라도 올라가기만 한다면 알리사가 있는 곳으로 나를 데려다 줄 것이다. 아! 우리 둘만을 받쳐 주기 위해서라면 땅이 아무리 좁다 한들 무슨 상관이랴! 그러나 슬프도다! 나는 알리사의 교묘한 겉속임수를 깨닫지 못했고, 알리사가 그 막다른 꼭대기로 해서 다시 도망칠 수 있으리라고는 상상도 하지 못했다.

나는 알리사에게 긴 답장을 썼다. 나는 지금 그때의 내 편지에서 선견지명이 약간 있었던 한 구절이 생각난다.

"나의 사랑만이 내가 지니고 있는 모든 것 중에서 가장 좋은 것이라는 생각이 가끔 들어." 나는 알리사에게 말했다. "또한 나의 모든 덕행도 그 사랑에 매달려 있으며, 사랑만이 나를 나 이상으로 끌어올려 주고 있어. 그렇지만 너 없이는 아주 평범한 본성을 가진 평범한 위치로 나는 도로 떨어져 버릴 수밖에 없다는 생각이 들어. 그렇지만 오직 너와 함께 살 수 있다는 희망이 있기에 가장 험난한 좁은 길도 나에게는 언제나 좋은 길로 보이는 거야."

그러나 알리사가 다음과 같은 답장을 쓴 것은 도대체
내가 무슨 말을 덧붙였기 때문일까?

　그러나 제롬, 성덕(聖德)은 선택이 아니라 의무야(알리
사의 편지 속에는 그 말 아래 세 번이나 밑줄이 그어져 있
었다). 네가 만약 내가 믿는 바로 그 사람이라면, 너도 그
의무에서 벗어날 수는 없을 것이다.

　이것이 전부였다. 우리의 편지도 이것으로 끝났고, 아
무런 교묘한 충고도 아무리 굳건한 의지도 어떻게 할 수
없음을 나는 깨달았다. 아니 오히려 예측하고 있었다.
　그러나 나는 또 길고 다정한 편지를 썼다. 세 번째의
편지를 보낸 후 나는 이런 편지를 받았다.

　벗이여!
　너에게 다시는 편지를 쓰지 않으려고 내가 결심한 것이
라고는 생각하지 말아 줘. 단지 그러고 싶지 않을 뿐이야.
그렇지만 너의 편지들은 여전히 나를 즐겁게 해주거든. 그
러나 나 자신이 네 마음을 이만큼 사로잡고 있다는 사실이
점점 부담스러워지고 있어.
　여름도 이제는 멀지 않았다. 그러니 당분간 편지는 그만
두고, 9월의 마지막 두 주일을 나와 함께 보내러 퐁괴즈마
르로 오지 않겠니? 좋겠지? 좋다면 답장하지 마. 말없는
것을 동의한 걸로 볼 테니. 그럼 답장은 하지 않기야.

나는 답장을 보내지 않았다. 아마도 이번 침묵은 알리사가 내게 부여한 마지막 시련임에 틀림없었다. 몇 달 동안 공부를 했다. 이어 몇 주일 간 여행을 마친 후에 극히 안정된 마음으로 나는 퐁괴즈마르로 돌아왔다.

하나의 간단한 이야기로 나 자신도 처음에는 잘 이해하지 못한 것을 어떻게 나에게 곧장 이해시킬 수 있단 말인가? 지금의 나로서는 그 후에 내가 송두리째 빠져들어간 비탄에 쌓인 그때를 적어 보는 수밖에 별도리가 없을 것 같다. 왜냐하면 비록 지금은 내가 가장 부자연스러워 보이는 껍질 속에서 사람이 아직 꿈틀거리고 있음을 깨닫지 못한 나 자신에 대해 변명할 여지를 찾아낼 수 없지만, 처음에는 그 외관만을 보고, 이미 나의 애인을 발견할 수 없다고 알리사를 탓하고 있었기 때문이다. 아니야, 그때도 나는 너를 비난하지 않았어, 알리사! 하지만 너의 마음을 알지 못해 절망에 빠져 울었던 거야. 너의 사랑의 힘을 침묵의 수단이나 잔인한 기교에서도 파악할 수 있게 된 지금에 와서, 나는 네가 나를 더욱 심하게 괴롭힐수록 더욱 너를 사랑해야 하는 걸까?

경멸? 냉담? 아니야. 그 어느 것도 이겨낼 수 없다. 아니, 내가 대들어 투쟁할 수조차 없었다. 그래서 나는

아주 망설였고 내가 근심거리를 스스로 만들지 않아 의
심도 해보았다. 그처럼 근심은 미묘했고 알리사는 교묘
히 그 근심을 모르는 척하고 있었던 것이다. 그러니 나
는 도대체 무엇을 원망했단 말인가? 알리사는 전에 없
이 부드럽게 대해 주었다. 지금까지 이보다 더 싹싹하
고 상냥하게 보인 적은 없었다. 그래서 첫날에는 자칫
속아넘어갈 뻔했다. 결국 표정까지도 딱딱하게 변해 보
일 만큼 납작하게 땋아내린 알리사의 머리 매무새 같은
것은 아무런 문제가 아니었다. 알리사의 몸매의 섬세한
곡선을 뒤틀어 놓은 꺼끌꺼끌한 천으로 된 칙칙한 빛살
의 어울리지 않는 블라우스 같은 것도 아무런 문제가
되지 않았다. 그것은 내일이라도 알리사가 자기 스스로
나, 내가 요구하면 고칠 수 있는 것이라고 막연하게 생
각되었으므로 아무 문제도 되지 않았다. 그보다 나는
알리사의 보기 드물었던 친절과 상냥함이 더욱 염려스
러웠고, 그 속에서 감정의 용솟음보다는 미지의 결의
를, 말하기는 거북하지만 사랑보다는 예의를 보게 될까
봐 더욱 두려웠던 것이다.

　　저녁때 살롱에 들어갔던 나는 피아노가 제자리에 없
음을 보고 놀랐다. 내가 감짝 놀라서 소리치자,

　　"피아노는 수리하러 보냈어, 제롬."
하고 알리사는 아주 조용한 목소리로 대답했다.

"그러니까 내가 뭐라고 하더냐, 애야."

외삼촌이 거의 나무라는 어조로 말했다.

"지금까지도 참았으니, 제롬이 돌아올 때까지 피아노 보내는 것을 기다릴 수 있었을 텐데 말이야. 네가 하도 서둘러 우리의 큰 즐거움이 하나 없어졌잖아."

"그렇지만 아버지, 요즘 아주 나빠져서 제롬도 칠 수가 없게 되었단 말이에요."

알리사는 빨개진 얼굴을 돌리면서 말했다.

"네가 칠 때는 과히 나쁘지 않게 들리던데?" 하고 외삼촌이 다시 말을 이었다.

알리사는 잠시 동안 그늘진 쪽으로 몸을 굽혀 마치 안락의자 커버의 치수를 재고 있는 것처럼 하고 있더니 갑자기 방을 나가 버렸다. 그러고는 한참 지난 후에야 쟁반 위에 외삼촌이 저녁마다 마시는 탕약을 들고 다시 나타났다.

그 다음날도 머리 매무새와 블라우스를 바꾸지 않았다. 집 앞 벤치에 아버지 곁에 앉아 있는 알리사는 그 전날 저녁때도 하고 있던 그 바느질을, 아니 오히려 꿰매는 일을 다시 계속하고 있었다. 그녀 옆에 있는 벤치나 테이블 위에 헌 양말이며 스타킹이 수두룩하게 든 커다란 광주리에서 알리사는 일감을 끄집어 냈었다. 며칠 후에는 냅킨이나 시트를…… 이런 일들이 알리사를

완전히 몰두시키는 모양인지 알리사의 입술도 모든 표
정을 잃고 두 눈도 빛을 잃을 정도였다.

"알리사!"

나는 첫날 저녁에 그녀의 얼굴을 눈치채지 않게 잠시
지켜보다가 그 전에는 도무지 찾아볼 수 없었던 윤기
없는 그 얼굴에 거의 겁을 먹다시피 해서 소리쳤다.

"왜 그래?"

알리사는 고개를 들면서 말했다.

"내 말을 듣고 있나 알고 싶어서. 내 생각 같은 것은
조금도 하고 있는 것 같지 않은데."

"아니야, 난 지금 여기 있는걸. 그러나 이런 꿰매는
일에는 주의가 필요하거든."

"알리사가 꿰매고 있는 곁에서 책이라도 읽어 주면
안 될까?"

"그렇지만 잘 들을 수 없을 것 같아."

"왜 그렇게 힘든 일만 골라서 해?"

"누구든 해야 할 일인데 뭐."

"그 일로 밥벌이가 될 가난한 여자들도 수두룩한데.
게다가 이런 보람없는 일에 얽매이는 것은 절약하기 위
해서도 아니잖아?"

그러자 알리사는 곧 이처럼 흥미 있는 일은 없으며,
오래 전부터 다른 일은 하지 않았고 다른 일에는 틀림

없이 아주 서툴 것이라고 잘라 말했다. 그녀는 말하면서 웃었다. 그때처럼 그녀의 목소리가 부드럽게 들린 적은 없었다. 그래서 나는 서글퍼지기까지 했다. ‘나는 당연한 말을 하고 있는데 왜 너는 그렇게 슬픈 얼굴을 하고 있어?’라고 그녀의 시선이 말하고 있는 것 같았다. 그래서 나의 가슴속에서 치솟던 모든 항의는 그만 입술까지 오르지 못하고 목을 메워 버리고 말았다.

이틀 후, 우리 둘은 함께 장미를 꺾었다. 알리사는 내게 그 꽃을 올해엔 한 번도 들어가지 않았던 자기 방에다 갖다 주지 않겠냐고 부탁했다. 나는 그때 얼마나 행복에 차 우쭐하였던가? 왜냐하면 나는 그때까지도 나의 슬픔을 내 탓으로 돌리고 있었으니까. 그녀의 말 한마디가 나의 마음을 고쳐 줄 수 있었던 것이다.

나는 일찍이 가슴 설레지 않고서는 그 방에 들어가 본 적이 없었다. 거기에는 무어라 말할 수 없는 아늑한 평화가 깃들이고 있어, 나는 그곳에서 알리사의 성품을 알아볼 수 있었다. 창과 침대 둘레에 쳐진 짙은 푸른빛 커튼, 반짝이는 마호가니 가구들, 질서, 청결, 고요, 이 모든 것이 알리사의 청아함과 그윽한 우아함을 내 마음속에 새겨 주고 있었다.

그날 아침 내가 이탈리아에서 가져다 준 마사치오의 큰 사진 두 장이 알리사의 침대 곁 벽 위에 걸려 있지 않은 것을 보고 나는 놀랐다. 그 사진들이 어떻게 된 것인지 알리사에게 물어 보려던 차에 나의 시선은 알리사가 애독서를 놓아 둔 바로 그 선반 위로 향했다. 이 작은 책상은 내가 알리사에게 준 책들로 반쯤 차 있었고 반은 우리가 함께 읽었던 책으로 조금씩 채워졌던 것이다. 그런데 나는 이 책들이 다 치워지고 그 대신 알리사가 경멸했으면 좋았을 시시한 신앙 서적으로 바꾸어져 있음을 알았다. 갑자기 눈을 드니 알리사가 웃고 있는 것이 보였다. 그렇다. 나를 바라보면서 알리사가 웃고 있었다.

"용서해."

하고 알리사가 곧 말했다.

"너의 얼굴을 보고 웃었던 거야. 내 책장을 보더니 갑자기 찌푸리던 그 얼굴을 보고……."

나는 농담할 기분이 아니었다.

"아니, 알리사, 지금 읽고 있는 게 저 책들이야?"

"그래, 그런데 왜 그렇게 놀라지?"

"영양 많은 음식에 익숙해진 머리의 소유자라면 구역질나지 않고서는 저러한 무미건조한 것은 볼 수 없으리라고 생각했어."

"난 네 말을 이해할 수 없어. 저 책의 저자들은 자기들의 생각을 성의껏 말함으로써 나와 함께 꾸밈없이 이야기하는 겸손한 사람들이야. 나는 이런 사람들과 사귀는 게 맘에 들거든. 나는 그들이 결코 아름다운 말의 어떤 함정에 빠져들 리도 없으며, 나 역시 그들의 책을 읽으면서 속된 감탄에 말려들 리 없다는 것을 미리 알고 있어."

하고 알리사는 말했다.

"그럼 이런 책밖에는 읽지 않아?"

"거의 대부분 그래. 몇 달 됐어. 게다가 요즈음은 통 책 읽을 시간이 없는걸. 솔직히 말하자면, 나는 네가 전에 좋은 책이라고 알려 준 대가들 중의 어떤 작품을 다시 읽어 보려고 했는데, 나 자신이 성경에 나오는 자기 키를 한자 한자 키우려고 애쓰는 남자 같다는 생각이 들지 뭐야."

"알리사에게 그런 묘한 생각을 일으키게 한 '대가'란 대체 누구지?"

"그분이 준 게 아니야. 내가 읽으면서 그런 생각이 든 거지. 파스칼이었어. 아마도 내가 좋지 않은 구절에 걸려들었던 모양이야."

나는 몹시 초조해졌다. 알리사는 아직 미처 간추리지 못한 꽃송이 위로 눈을 들지 못한 채, 마치 숙제를 암송하듯 또렷하고도 단조로운 목소리로 말하고 있었다. 나의 초조한 몸짓에 알리사는 잠시 주춤하더니 같은 어조로 계속했다.

"그 대단한 호언장담에, 그리고 그 노력에 놀랐어. 그러면서도 그것을 증명하는 게 그토록 적다는 데. 그의 비장한 억양이 신앙보다는 오히려 회의의 결과가 아닐까 하는 생각을 나는 가끔 해봐. 완전한 신앙에는 그렇게 눈물을 흘리거나 목소리를 떠는 일은 없으니까."

"그 떨림과 눈물이야말로 목소리를 아름답게 하는 거야."

하고 나는 대꾸하려고 하였으나 용기가 없었다. 이러한 지금의 알리사의 말에는 내가 좋아하던 그 무엇도 찾아낼 수 없었던 것이다. 나는 그 말들을 생각나는 대로 적어 두는 것이며 나중에 수식하거나 논리를 가하지 않으리라.

"만일 그가 우선 현세 생활에서 자기 기쁨을 제거한 것이 아니라면, 그 현세 생활은 저울에 달면 보다 무거워질 것이……."

하고 그녀는 말했다.

"무엇보다도?"

하고 그녀의 이상한 말에 당황해서 나는 되물었다.

"그가 말하는 불확실한 지복(至福)보다도."

"그럼 알리사는 파스칼이 말하는 그 지복을 믿지 않는다는 거지?"

나는 외쳤다.

"아무렴 어때?"

하고 알리사는 말을 이었다.

"흥정을 하고 있다는 의심을 피하기 위해서는 불확실한 채로 있는 게 차라리 낫지. 하나님을 사랑하는 영혼이 미덕 속에 파고들려는 것은 보상에 대한 기대 때문이 아니고 타고난 고귀한 마음에서인걸."

"거기서부터 파스칼 같은 사람의 고귀성이 깃들인 그 은밀한 회의주의가 생겨나는 거야."

"회의주의가 아니고 얀센주의(인간의 자유 의지를 무시하고 신의 은총을 절대시하는 것)야."

하고 빙그레 웃으며 말했다.

"하지만 그런 것이 나에게 무슨 상관이 있겠어? 여기 있는 이 불쌍한 사람들은—알리사는 자기 책들을 향해 몸을 돌렸다—자기들이 얀센주의자인지 정적주의자(17세기 몰리노스에서 비롯된 신비적 크리스트교의 일파. 외적 활동을 하지 않고 절대적인 마음의 평화를 얻으려고 함)인지, 아니면 그밖의 무엇인지를 말하라고 하면 퍽 당황할 거야. 그들은 악의도 번민도 아름다움도 없이 바람에 나부끼는 풀잎처럼 하나님 앞에 엎드리고 있어. 자신들은 아무 가치가 없는 걸로 알고 있어. 자기들에게 얼마만한 가치가 있다면, 그것은 하나님 앞에서 자신을 보잘것없는 존재로 여길 때, 비로소 얻을 수 있음을 잘 알고 있단 말야."

"알리사! 왜 알리사는 자기의 날개를 떼어 버리려고

해?"

하고 나는 외쳤다. 알리사의 목소리가 하도 조용하고 자연스러웠기 때문에, 나의 외침은 우스꽝스러울 만큼 크게 들렸다.

알리사는 고개를 흔들면서 다시 웃고 있었다.

"이번에 파스칼을 읽고 얻은 모든 것은……."

"뭐야?"

하고 나는 알리사가 주춤하기에 물었다.

"그건 '자기 생명을 구하려는 자는 그것을 잃을 것이니라'(누가복음 17장 33절)란 그리스도의 말씀이야. 그 나머지는……."

하고 알리사는 더욱 활짝 미소를 지으며 나를 똑바로 쳐다보면서 말했다.

"나는 그것을 거의 이해하지 못했어. 이처럼 보잘것없는 사람들의 사회에서 잠시 살다 보면 위대한 사람들의 그 숭고함에 얼마나 숨이 막히는지, 정말 이상해."

얼떨떨해진 나는 여기에 대해 뭐라고 대답해야 할지 몰랐다.

"오늘 너와 함께 이 모든 설교집과 묵상록을 읽으라고 한다면……."

"그러나."

하고 알리사는 내 말을 가로막았다.

"제롬은 그런 책을 읽으면 안 돼. 너는 이런 책보다는 좀더 훌륭한 것을 위해 태어났어. 난 정말 그렇게 믿어 왔어."

알리사는 아주 간단하게 우리 두 사람의 생애를 갈라 놓는 이런 말들이 내 마음을 얼마만큼 아프게 하는지를 조금도 염두에 두지 않는 것처럼 말하고 있었다. 나는 머리가 타오르는 것 같았다. 좀더 말하고 싶었고 울고 싶었다. 아마도 알리사는 내 눈물에 질지도 모른다. 그러나 나는 더 이상 아무 말도 하지 않은 채 벽난로 위에 팔꿈치를 얹고 이마를 손에 파묻은 채로 가만히 있었다. 알리사는 나의 괴로움을 전혀 모르는 듯, 아니면 알고도 모르는 척하는 것인지 조용하게 꽃을 정리하고 있었다.

그때였다. 식사를 울리는 첫 종이 울렸다.

"이러다간 점심 식사에 늦겠어. 나를 두고 빨리 가봐."

그러고는 마치 농담이라도 한 것처럼 말했다.

"이야기는 다음에 계속하기로 하자."

이야기는 그 후 다시는 계속되지 않았다. 그녀는 늘 나를 피했다. 물론 그렇게 단정적으로 말할 수 있는 것은 아니었지만, 우연히 생긴 일이 금방 촉박한 중요성을 띠게 되는 것이었다. 나는 내 차례가 오기를 기다렸다. 계속하여 생기는 살림살이라든가, 헛간에서 해야 하는 일의 감독이라든가, 소작인 집의 방문이라든가, 점점 더 알리사가 열성을 띠는 가난한 사람들의 방문 등의 일이 끝난 뒤에야 겨우 차례가 오곤 했다. 나에게 남은 시간이라고는 극히 짧았고, 그녀는 항상 분주했다. 하지만 내가 얼마나 시간을 빼앗기고 있었는가를 그래도 거의 느끼지 못한 것은 어쩌면 이런 자질구레한 볼일들에 쫓겼기 때문이고, 또 그러한 알리사를 뒤쫓는 걸 단념했기 때문인지도 모른다. 조금만 대화를 해보면 그러한 사실을 더욱더 잘 알 수 있었다.

알리사가 약간의 틈을 내주게 될 때에도, 그것은 어색하기 짝이 없는 대화였고 아이들이 장난을 하는 듯한 태도로 대하는 것이었다. 그녀는 정신나간 사람처럼 미소를 짓고는 내 곁을 얼른 지나가 버렸다. 그래서인지 맨 처음 그녀를 알지 못한 때보다도 더욱 멀어진 것같이 느껴졌다. 때로는 그녀의 미소에서 남을 무시하는 듯한 비꼬는 기색조차 볼 수 있었는데, 아마도 나의 욕망을 그렇게 해서 저버리게 하고 재미있어 하는 것 같았다. 그러나 나는 곧 모든 불평을 내게로 돌리고 만다. 함부로 남을 비난하고 싶지도 않았고, 알리사로부터 무엇을 기대하고 있는지도 모르고, 알리사의 무엇을 비난해야 할지도 알 수 없었기 때문이다.

이렇게 해서 내가 그토록 행복을 기대했던 날들이 지

나가 버렸다. 나는 멍하니 하루하루가 달아나는 것을 그저 바라만 보고 있었다. 그 날짜를 연장해 보려고도, 그 흐름을 늦추어 보려고도 하지 않았다. 그만큼 그날 그날이 괴로움을 악화시켜 갔던 것이다. 그러나 내가 떠나기 이틀 전, 그녀는 나를 이회암갱 앞에 있는 벤치로 데리고 갔다. 그때는 안개도 끼지 않은 지평선에서 모든 것이 하나하나 푸르스름하게 드러나 보이고, 지난 날의 가장 어렴풋한 기억까지도 떠오르는 그런 맑은 가을 저녁때였다. 나는 쌓인 불평을 더 이상 참을 수 없어서 어떤 행복이 지금의 내 불행을 형성하고 있다는 슬픔을 털어놓았다.

"그렇지만 내가 어떻게 하면 좋겠어?"

"지금 너는 환상을 사랑하고 있어."

하고 알리사가 말했다.

"아니야, 환상은 아니야, 알리사."

"그럼 가공적인 대상을."

"아! 나는 가공적인 대상을 만들진 않아. 그것은 나의 애인이야. 나는 그것을 다시 부르고 있어. 알리사! 알리사! 내가 사랑하던 여자는 바로 알리사야. 그런데 너는 어떻게 했어? 너는 과연 어떻게 될까?"

알리사는 꽃 한 송이를 천천히 쥐어뜯으며 고개를 숙인 채 잠시 대답하지 않고 그대로 있었다. 그러더니 마침내 나에게 물었다.

"제롬, 왜 그 전처럼 나를 사랑하지 않는다고 솔직하게 고백하지 않는 거야?"

"그건 사실이 아니기 때문이지! 그건 사실이 아니기 때문이야! 전에 없이 너를 사랑하고 있기 때문이야!" 하고 나는 분개하여 소리쳤다.

"날 사랑한다고……. 그렇지만 너는 후회하고 있어!"

그녀는 미소를 지으면서 말했다. 그러고는 약간 어깨를 으쓱했다.

"나는 나의 사랑을 과거의 일로 취급할 수는 없어."

땅이 내 발 밑으로 푹 꺼지는 것 같았다. 나는 그 무엇에든지 매달리고 싶었다.

"사랑도 다른 것과 함께 지나가 버리는 거야."

"그러나 나의 사랑만은 나와 함께 있을 거야."

"사랑도 차츰 약해져 갈 거야. 네가 아직 사랑하고 있다는 알리사도 이미 너의 기억 속에밖에 없는 거야. 어느 날엔가 알리사를 사랑한 적이 있었다는 그런 생각만 들 때가 올 거야."

"너는 지금 내 마음속에서 무엇인가 알리사를 대신할 수 있는 것처럼, 아니면 내 마음이 사랑하기를 포기한 것처럼 말하고 있어. 너는 네 자신이 날 사랑했다는 걸 잊어버렸니? 그렇지 않고서야 이렇게 나를 괴롭히며 좋아할 수 있을까?"

나는 창백한 알리사의 입술이 바르르 떨리는 것을 보았다. 알리사는 들릴락말락한 목소리로 중얼거렸다.

"아니야, 그게 아니야. 내 마음은 변하지 않았어."

"그렇다면 아무것도 변하지 않을 거야."

나는 알리사의 팔을 붙잡으며 말했다.

알리사는 좀더 자신 있게 말을 계속했다.

"한마디면 돼. 왜 그것을 말하지 않는 거야?"

"뭘?"

"나는 나이가 너무 많아."

"그런 말은 하지 마."

나는 당장에 나도 자기만큼 나이를 먹었으며, 우리 사이의 나이 차이는 전과 마찬가지라고 우겨댔다. 그러나 알리사는 어느덧 다시 침착해졌다. 귀중한 시간은 지나가 버렸다. 그녀와 논쟁을 하였기 때문에 더욱 불리해지고 말았다. 나는 어찌할 바를 몰랐다.

나는 이틀 후에 퐁괴즈마르를 떠났다. 알리사와 내 자신에 대한 불만을 품고, 내가 여태까지 '덕행'이라고 부른 것에 대해 막연한 증오감과 평소에 내 마음을 차지한 감정에 대한 원망을 품고 나는 출발했다. 이 마지막 해후에서 나의 사랑이 지나치게 흥분되었기 때문에 나의 온갖 열정이 다 소모되어 버린 것 같았다. 처음에는 대들었던 알리사의 말 한마디 한마디가, 나의 항의가 침묵으로 바뀐 후부터는 내 마음속에 생생하게 의기양양하게 남아 있었다. 그렇다. 틀림없다. 알리사의 말이 옳았다! 나는 이미 환상만을 사랑했던 것이다. 내가 사랑했던 알리사는 내가 아직도 사랑하고 있는 알리사가 아니었다. 그렇다! 우리는 늙었다! 내 마음을 얼어붙게 한 그 끔찍한 환멸도 결국은 본성으로의 귀의밖에는 아무것도 아니다. 내가 반했던 모든 요소로 알리사를 장식시켜 주면서 내가 차츰차츰 알리사를 높이 올려 하나의 우상으로 만들었다 해도, 이러한 일에서 피곤밖에는 무엇이 나에게 남았단 말인가? 알리사는 자기 분수대로 돌아가서 자기 수준으로, 평범한 수준으로 도로 돌아갔던 것이다. 나도 그 수준에 머물러 있는 자신을 발견했다. 그렇지만 그 상태의 알리사 이상으로 원하지는 않았다.

아! 나의 남은 유일한 노력으로 높은 지점에 알리사를 올려세운 그 지점에서 알리사와 결합하기 위해서 덕행을 찾던 눈물겨운 노력도 이제는 얼마나 터무니없고 엉뚱한 것처럼 보이는지 모른다. 좀더 자만하지 않았던들 우리의 사랑은 보다 평탄했을 것을……. 그렇지만 앞으로 대상 없는 사랑에 대한 집착이 무슨 뜻이 있겠는가? 그것은 고집이지, 성실은 아니었다. 무엇에 대한 성실인가? 오류에 대한 성실이란 말인가? 가장 현명한 것은 스스로 자신이 잘못했음을 인정하는 것이 아니었을까?

그 동안 아텐 학교(19세기에 프랑스 정부가 아테네에 설립한 학교. 고대 그리스 언어와 역사를 연구하는 학교임)에 추천을 받은 나는 별다른 야망도 흥미도 없었지만 떠난다는 생각이 일종의 도피인 양 매력 있게 생각되어 기꺼이 입학을 승낙해 버렸다.

VIII

그런데 나는 알리사를 다시 만났다. 3년 후였다. 그때는 여름이 끝나 갈 무렵이었다. 열 달 전에 나는 외삼촌의 별세를 그녀를 통해 알았다. 그때 나는 여행중이었던 팔레스티나에서 꽤 긴 편지를 그녀에게 곧 썼으나 답장은 오지 않았다.

지금 나는, 어떤 핑계로 르 아브르에 갔던 길에 자연스럽게 퐁괴즈마르에 들렀는지는 잊어버렸다. 그곳에 그녀가 있다는 것을 알았지만 혼자 있지 않을까 걱정되었다. 나는 내가 간다는 것을 알리지 않았다. 여느 때 방문처럼 나타나기가 꺼림칙해서 나는 무척 망설인 끝에 갔던 것이다. 들어갈까? 아니면 그녀를 보지 말고 찾지도 말고 다시 나와 버릴까? 그게 나을지도 몰라. 나 혼자 저 한길을 달리자. 그녀가 방금 앉았다 갔는지도 모를 그 벤치에 걸터앉아……. 그러고는 내가 떠난 후에 내가 그곳을 지나갔음을 그녀에게 알려 줄 만한 어떤 표적을 남겨 놓을 수는 없을까 하고 궁리하고 있었다. 이런 생각을 하면서 나는 천천히 걷고 있었다. 그녀를 만나지 않기로 마음먹은 뒤로는 나의 가슴을 죄던

심한 슬픔도 거의 달콤한 애수로 바뀌었다. 나는 벌써 한길에 와 있었다. 그리고 들킬까 봐 집이나 농가의 안마당과 경계를 이루고 있는 둑을 끼고 길가를 걷고 있었다. 나는 알리사의 정원을 내려다볼 수 있는 둑의 한 군데를 알고 있었다. 그곳으로 올라갔다. 낯선 정원사가 오솔길을 쇠스랑으로 긁어 고르다가 곧 나의 시야에서 사라졌다. 새로 한 울타리가 안마당을 둘러싸고 있었다. 내가 지나가는 소리를 듣고 개가 짖어 댔다. 더 멀리 한길이 끝난 곳에서 나는 오른쪽으로 돌았다. 채소밭 작은 문 앞을 지날 때였다. 그곳을 통해 정문으로 들어가고 싶다는 생각이 불현듯 들었다.

그 문은 닫혀 있었다. 안쪽 빗장은 힘없이 걸쳐 있어 어깨로 밀어 벗길 수 있을 것 같았다. 그때 발소리가 들렸다.. 나는 담 위로 몸을 숨겼다.

나는 누가 정원에 나왔는지는 볼 수 없었으나 발소리를 듣고 그가 알리사였음을 알았다. 그녀는 세 발짝 앞으로 다가서더니 나직한 목소리로 불렀다.

"제롬 아냐?"

마구 뛰던 나의 가슴이 그만 정지해 버린 듯 목이 꽉 메어 한 마디도 못 하고 있는데, 그녀는 조금 더 크게 부르는 것이었다.

"제롬! 너지?"

　이렇게 나를 부르는 소리를 듣자 나는 온몸을 죄어드는 감동에 그만 무릎을 꿇고 말았다. 그래도 대답을 하지 않고 있으려니까, 알리사는 몇 걸음 앞으로 다가서더니 담을 돌았다. 나는 알리사를 갑자기 가까이 느꼈다. 그래서 당장 그녀를 대하기가 겁이 나 나는 팔로 나의 얼굴을 감싸 버렸다. 알리사는 한참 동안 나를 향해 몸을 굽히고 서 있었다. 한편 나는 그 가냘픈 두 손에 키스를 퍼부었다.

　"왜 숨어 있었어?"

하고 알리사는 물었다. 너무나 단순하게 말했기 때문에 떨어져 있던 3년이 며칠밖에 되지 않은 것같이 느껴졌다.

　"나라는 것을 어떻게 알았지?"

　"너를 기다리고 있었어."

　"나를 기다렸다구?"

　나는 하도 놀라 그녀의 말을 질문하듯이 되풀이할 수밖에 없었다. 내가 그대로 무릎꿇고 있는 걸 보자,

　"벤치 있는 곳으로 가자."

하고 알리사가 말하였다.

　"나는 한 번 더 너를 만나게 되리라는 것을 알고 있었어. 지난 3일 동안 나는 매일 저녁 이곳에 왔었어. 그리고 오늘 저녁에 한 것처럼 너를 불렀어. 그런데 왜 대답하지 않았니?"

"들키지 않았더라면 보지 않고 그냥 떠나려고 했어."

나는 처음에 아찔하였던 감동을 억제하면서 이렇게 말했다.

"그저 르 아브르를 지나는 길에 한길이나 산책하고, 네가 지금도 와 앉곤 하리라고 생각되는 이회암갱 벤치에서 잠시 쉬었다가 가려고. 그리고……."

"사흘 전부터 내가 이곳에 와서 무엇을 읽었는지 봐." 하고 알리사는 내 말을 가로채면서 말했다. 그리고 그녀는 편지 한 묶음을 내밀었다.

나는 그 편지들이 내가 이탈리아에서 그녀에게 보낸 것임을 알았다. 그 순간 나는 알리사를 향해 눈을 돌렸다. 그녀는 놀랄 만큼 변해 있었다. 얼굴의 수척함과 창백함이 나의 가슴을 무섭게 죄어댔다. 내 팔에 기대어 무겁게 느끼는지 알리사는 마치 겁에 질린 듯, 아니면 추운 듯 내게 몸을 바싹 밀착하고 있었다. 알리사는 아직 상중이었다. 그래서인지 모자 대신 얼굴을 둘러싸고 있는 검은 레이스가 창백함을 더해 주고 있었다. 그녀는 웃고 있었으나 힘이 하나도 없어 보였다.

나는 지금 알리사가 퐁괴즈마르에 혼자 있는지 궁금했다. 그렇지는 않았다. 로베르가 알리사와 함께 그곳에 있었다. 줄리에트, 에두아르, 그리고 그 집 세 아이들도 8월 한 달을 알리사와 로베르 곁에서 보내려고 와 있었다. 우리는 벤치가 있는 곳까지 와서 걸터앉았다. 얼마 동안은 이야기가 여전히 하찮은 긴 소식들로 맴돌았다. 알리사는 나의 합격에 대해 물었다. 나는 마지못해 대답을 했다. 지금은 내게 공부가 흥미 없게 되었다는 것을 알리사가 알아 주었으면 하고 생각했다. 알리사가 나를 실망시켰듯이 나도 알리사를 실망시키고 싶었다. 그러나 내 뜻이 성공했는지 알 수 없으나, 알리사는 그런 기색을 전혀 보이지 않았다. 나는 원망과 사랑에 동시에 사로잡혀 되도록 쌀쌀하게 말하려고 애썼다. 그래서 가끔 나의 목소리를 떨게 하는 마음속의 갈등을 원망했다.

조금 전부터 가려졌던 태양이 거의 우리 맞은편 지평선에 닿을락말락 다시 나타나 텅 비어 있는 들판을 진동하는 찬란한 빛으로 뒤덮고, 우리 발 밑에 전개되는 좁은 골짜기를 갑자기 충만한 빛으로 가득 채우면서 이내 사라지고 있었다. 나는 눈부시어 그대로 아무 말도 하지 않고 있었다. 나는 나의 원한이 증발해 버렸던 황홀한 도취가 다시 나를 엄습해 와 내 마음속에 스며드는 것을 느꼈다. 그래서 이미 내 마음속에는 사랑의 소리밖에는 들리지 않았다. 내게 기대어 몸을 숙이고 있던 알리사가 몸을 일으켰다. 알리사는 블라우스에서 얇은 종이에 싼 조그마한 꾸러미를 꺼내어 내게 내밀려고

하더니 망설이는 듯 그만두었다. 내가 놀라서 그녀를
바라보고 있었더니 말했다.

"제롬, 여기 들어 있는 건 내 수정 십자가야. 오래 전
부터 네게 이것을 전해 주고 싶었어. 그래서 사흘 전
저녁부터 이것을 가지고 왔어."

"내가 그것을 어떻게 하란 말야?"

나는 꽤 퉁명스럽게 말했다.

"내 기념으로 이것을 간직하고 있으면 돼. 너의 딸을
위해서."

"딸이라니?"

나는 무슨 말인지 알 수 없어 알리사를 바라보면서
소리를 질렀다.

"조용히 내 말 좀 들어 봐, 제발. 안 돼, 그렇게 나를
쳐다보지 마. 나를 바라보지 말래도. 그렇지 않아도 네게
말하기가 거북해. 그렇지만 이것만은 꼭 너에게 말해 두
고 싶어. 들어 봐, 제롬. 언젠가는 너도 결혼할 게 아냐?
내게 대답하지 않아도 돼. 제발 내 말을 막지 말아 줘. 나
는 다만 내가 너를 무척 사랑했다는 것을 기억해 주길 바
랄 뿐이야. 그래서…… 오래 전부터 벌써…… 3년 전부
터…… 나는 생각했어. 네가 좋아하는 이 작은 십자가를
제롬의 딸이 언젠가는 나의 기념으로 지니게 될 것이라
고 말야. 오! 누구의 것인지 모르지만, 그리고 또 그 아이

에게 나의 이름을 붙여 줄지도 모른다고……."

목이 메어 알리사는 말을 중단했다. 나는 거의 적의를 품고 소리쳤다.

"왜 네 스스로 그것을 그 애에게 주지 못해?"

알리사는 더 말하려고 하였다. 알리사의 입술은 흐느끼는 아이의 울음처럼 파르르 떨고 있었다. 그러나 알리사는 울고 있는 것은 아니었다. 알리사의 시선에서 나오는 야릇한 섬광이 그녀의 얼굴을 초인간적인 천사와 같은 아름다움으로 가득 채우고 있었다.

"알리사! 그럼 나는 누구랑 결혼하는 거지? 내가 너밖에는 사랑할 수 없다는 것을 잘 알고 있잖아!"

나는 느닷없이 알리사를 내 팔 안에 미친 듯이 난폭하게 와락 끌어안고 그녀의 입술에 키스를 퍼부었다. 그러고는 한참 동안 내게 몸을 맡긴 듯 약간 내게 몸을 기울인 알리사를 끌어안고 있었다. 나는 알리사의 눈동자가 흐려지는 것을 보았다. 그러고 나서 알리사는 두 눈을 감고 있었다. 그리고 분명하고 선율적이어서 그 어떤 소리와도 비길 수 없는 목소리로 말했다.

"제롬! 우리 둘을 불쌍히 여겨 줘. 아! 우리의 사랑을 망치지 말아 줘."

어쩌면 '비겁하게 굴지 말라'는 말도 했는지 모른다. 아니 어쩌면 그 말은 나 자신이 했는지도 모른다. 지금은 도저히 알 수 없지만. 어쨌든 나는 갑자기 알리사 앞에 무릎을 꿇고 나의 두 팔로 알리사를 경건한 마음으로 껴안으면서 말했다.

"이렇게 나를 사랑하면서 왜 나를 밀어냈어? 나를 봐! 난 처음에는 줄리에트의 결혼을 기다렸어. 너도 그녀의 행복을 기다리고 있다는 것을 나는 알고 있었으니까. 지금 줄리에트는 행복해. 그것은 알리사 자신이 내게 한 말이야. 나는 또 네가 아버지 곁에서 아버지를 모시고 살고 싶어한다고 오랫동안 생각해 왔어. 하지만 지금은 우리 둘뿐이잖아?"

"오! 지나간 날을 생각하면 뭐해. 지금 나는 페이지를 넘겨 버렸어."

하고 알리사는 중얼거렸다.

"아직도 늦지 않아, 알리사."

"아니야, 제롬. 이제는 늦었어. 사랑에 의해 우리가 사랑보다 더 좋은 것을 서로 상대편에게서 엿본 그날부터 때는 늦은 거야. 너 때문에, 제롬, 나의 꿈은 그토록 높이 올라가, 모든 인간적인 만족이 나의 꿈을 산산조각으로 내버렸어. 우리가 같이 살 삶이란 어떤 것일까 하고 나는 가끔 생각해 봤어. 우리의 사랑이 완전할 수 없게 되자, 나는 더 이상 견딜 수 없었던 거야."

"그럼 우리가 같이 살지 않을 우리의 삶이란 어떤 것

인지 생각해 봤어?"

"아니! 한 번도."

"그렇다면 지금 너도 알 거야! 3년 전부터 알리사 없
이 나는 고통을 느끼며 수없이 방황해 왔어."

어둠이 깃들이고 있었다.

"나는 추워, 지금."

하고 알리사는 일어서면서 말했다. 그리고 내가 그녀의
팔을 잡을 수 없을 정도로 숄로 몸을 꼭 감쌌다.

"우리를 불안하게 했고 잘 이해될 것 같지 않아 두렵던
성서의 구절이 생각날 거야. '하나님이 우리를 위해 가장
좋은 것을 예비하셨은즉 우리가 아니면 그 약속된 것을
얻지 못하게 하려 하심이니라'(히브리서 11장 39~40절)."

"너는 언제나 그 말을 믿고 있니?"

"믿을 수밖에 없잖아."

우리는 한참 동안 더 이상 말하지 않고 나란히 서서
걸었다. 알리사가 말을 이었다.

"그것을 생각해 봐, 제롬! '가장 좋은 것을.'"

그러자 갑자기 알리사의 두 눈에서 눈물이 솟고 있었다.
그러나 입으론 여전히 '가장 좋은 것'을 되뇌고 있었다.

우리는 다시 조금 전에 내가 알리사가 나오는 것을
보았던 채소밭 작은 문이 있는 곳까지 왔다. 알리사는
나를 향해 돌아섰다.

"안녕! 아니, 그만. 더 가지 말고. 안녕, 제롬. '가장 좋은 것'은 이제부터 시작되는 거야."
하고 알리사는 말했다.

한참 동안 알리사는 나를 바라보고 있었다. 나를 붙들 듯 말 듯 팔을 내밀고, 두 손을 나의 어깨 위에 얹고 말할 수 없는 사랑이 가득한 두 눈으로……

문이 다시 닫히고 문 뒤에서 빗장 거는 소리가 나자, 나는 너무나 절망에 사로잡혀 문에 기대어 쓰러졌다. 그리하여 어둠 속에서 오랫동안 흐느껴 울고 있었다.

그러나 그때 그녀를 붙들고 문을 밀어젖히고 어떻게 해서든, 설마 나를 못 들어오게 할 리 없는 그 집 안으로 들어갔더라면. 아니다. 오늘 아무리 모든 과거를 되살리려 거슬러 올라가도…… 안 되지. 그것은 나에게 불가능하다. 그리고 지금 나를 이해하지 못하는 사람은 그때까지 나를 이해하지 못했던 것이다.

견딜 수 없는 또 하나의 불안감으로 나는 며칠 후에 줄리에트에게 편지를 썼다. 줄리에트에게 나의 퐁괴즈마르의 방문에 대해 얘기했고, 그때의 알리사의 창백함과 수척함이 얼마나 나를 놀라게 했는지 말했다. 나는 줄리에트에게 알리사를 돌봐 줄 것과 내가 알리사에게는 이미 기대할 수 없는 소식들을 전해 줄 것을 부탁했다.

그 후 한 달도 채 못 가서 나는 다음과 같은 편지를 받았다.

사랑하는 제롬,

아주 슬픈 소식을 전하지 않을 수 없게 됐어. 가엾은 우리 언니 알리사는 이미 이 세상 사람이 아니야. 오빠의 편지에 써 있던 염려들이 너무나 맞아떨어졌지 뭐야. 몇 달 전부터 시름시름 앓더니 쇠약해지기 시작했어. 그렇지만 내가 사정사정해서 언니는 르 아브르의 A의사의 진찰을 받았지. 그런데 그 선생님은 알리사의 병은 대단한 것이 아니라고 내게 편지를 보내왔어. 그렇지만 오빠가 알리사를 찾아간 3일 후에 알리사는 갑자기 퐁괴즈마르를 떠나 버렸어. 로베르의 편지로 나는 언니가 떠나 버린 걸 알았어. 언니는 내게 편지 쓰는 일이 거의 드물었거든. 로베르가 아니었더라면 나는 언니가 떠난 걸 전혀 모르고 있었을 뻔했어. 왜냐하면 소식이 없는 일을 내가 곧 알아차릴 수가 없잖아. 나는 언니가 그렇게 떠나 버리게 두는 법이 어디 있느냐고, 왜 파리로 함께 떠나지 않았느냐고 로베르를 몹시 나무랐어.

그때부터 사실 우리는 알리사가 있는 곳을 전혀 모르고 있었어. 나의 괴로움이 얼마나 컸는지는 오빠도 잘 알 거야. 만날 수도 없었고 편지를 보낼 수도 없었어. 그 후 며칠 동안 로베르가 파리에 가 있었으나 언니를 찾아낼 도리가 없었대. 그 애는 우리가 그의 열성이 부족한 것이 아니냐고 의심할 만큼 태평이었거든. 우리는 견딜 수 없는 끔찍한 이 불안 속에서 경찰에 신고해야만 했어. 그래서 에두아르가 찾아나섰고 무척 고생해서 마침내 알리사가 가 있는 작은 요양원을 찾아냈어. 그러나 아! 너무 늦었어. 나는 언니의 죽음을 알리는 요양원 원장의 편지와 언니를 만날 수조차 없다는 에두아르의 전보를 동시에 받았어. 마지막 날에 언니는 우리가 알 수 있도록 우리 주소를 편지 봉투에 적어 놓았다나 봐. 그리고 또 다른 봉투 속에다 르 아브르의 우리 공증인에게 보내는 유언이 들어 있는 사본을 넣어 두고 말이야. 이 편지의 한 구절은 아빠에 관한 것인데 곧 알려 주겠어. 에두아르와 로베르는 그저께 있었던 장례식에 참석할 수 있었어. 영구차를 따라간 사람은 그들만이 아니었대. 요양원의 몇몇 환자들이 장례식에도 참석하고 묘지까지 유해를 따라가겠다고 나섰다는 거야. 다섯 번째 아이의 해산이 오늘 내일 하는 나는 무척 섭섭하게도 언니의 마지막 길을 지켜볼 수가 없었어.

사랑하는 제롬!

이 소식이 오빠에게 줄 비장한 슬픔을 나는 알고 있어. 그래서 편지를 쓰고 있는 거야. 나도 가슴이 아파. 이틀 전부터 누워 있어야 했어. 그래서 제대로 쓸 수 없지만 우리 둘이서만이 진정 알고 있었던 알리사에 대한 이야기를 오빠에게 하는 데 에두아르나 로베르의 도움조차도 받고 싶지 않았어. 난 이제는 꽤 나이가 든 주부가 되어, 많은 재(灰)가 불타오르던 과거를 뒤덮어 버린 지금에 와서는 오빠를 만날 수 있을 것 같아. 놀러 오거나 볼일이 있어 님 근처에 오는 일이 있거든 에그비브에 들러서 가. 에두아르도 오빠를 알게 되면 좋아할 거야. 그리고 우리 둘이서 알리사의 이야기도 할 수 있고. 안녕, 사랑하는 제롬, 슬픈 마음으로 키스를 보내면서…….

　며칠 후 나는 알리사가 퐁괴즈마르를 자기 동생 로베르에게 넘겨 주었다는 것과, 그러나 자기 방의 모든 물건과 자기가 지정한 몇몇 가구들은 줄리에트에게 보내 달라고 했다는 것을 알게 되었다. 나는 곧 내 이름으로 알리사가 봉인한 봉투를 받게 되었다. 또한 나는 마지막 방문 때 사양한 일이 있었던 그 작은 수정 십자가는 자기 목에 걸어 달라고 했음을 알게 되었고, 그렇게 해 주었다는 것도 에두아르를 통해서 알았다.

　공증인이 내게 보낸 봉인된 봉투에는 알리사의 일기가 들어 있었다. 그 중의 많은 페이지들을 여기에 옮겨 쓴다. 주석은 달지 않고 적어 둔다. 내가 이 일기를 읽으면서 느낀 생각들과 너무도 불완전하게밖에는 나타낼 수 없는 내 마음의 충격을 독자 여러분은 충분히 짐작할 것이다.

알리사의 일기

(에그비브에서)

　그저께 르 아브르를 떠나 님에 도착했다. 나의 첫 여행이었다! 살림살이나 부엌일에 대한 아무런 걱정 없이, 그래서 느끼게 된 가벼운 무위 속에서 나의 25번째 생일인

188×년 5월 23일, 나는 일기를 쓰기 시작한다. 별다른 흥미가 있어서가 아니고 그저 나의 반려자의 역할을 하기 위해서 쓴다. 사실 나는 아주 낯설고 거의 외국과도 같은 땅에서 난생 처음으로 고독을 느끼고 있다. 이 땅이 나에게 할말이 있다면 노르망디가 내게 들려준 말이나 퐁괴즈마르에서 끊임없이 내가 들어왔던 그 말과 어쩌면 같은 것인지도 모른다. 왜냐하면 하나님은 그 어디서든 변함이 없으니까. 그러나 이 남부의 땅은 내가 아직도 배우지 못한 언어, 그래서 내가 듣고 놀라는 그런 언어로 말하고 있다.

5월 24일

줄리에트는 내 곁에 있는 긴 의자 위에서 졸고 있고—뜰로 나가는 모래 깐 앞마당과 같은 높이에 있어, 이탈리아식인 이 집의 매력을 더해 주는 열어젖힌 화랑에서……. 줄리에트는 그 긴 의자에 누운 채로 있어도, 얼룩덜룩한 물오리가 떼지어 퍼덕거리고 백조 두 마리가 헤엄을 치고 있는 연못 있는 데까지, 구불구불 뻗어 있는 잔디밭을 바라볼 수 있었다. 어느 여름에도 말라 본 적이 없다고 하는 냇물이 연못으로 흘러들어가, 점점 무성하게 야생의 덤불이 되어가는 뜰을 가로질러 마른 황무지와 포도밭으로 둘러싸여 갈수록 좋아지다, 나중에는 아주 그 모습을 감추고 만다. 에두아르 테시에르가 어제 아버지에게 정원, 농가, 술 창고, 포도밭을 보여 드렸다. 그 동안 나는 줄리에트 곁에 있었다. 그래서 오늘 아침 일찍 나는 혼자 뜰에서 첫 탐험 산책을 할 수 있었다. 알지 못할 숱한 풀과 나무들이 있었다. 그렇지만 나는 그 이름을 알고 싶었다. 점심때 그 이름을 가르쳐 달라고 하기 위해 나는 일일이 그 잔가지를 꺾는다. 제롬이 빌라 보르게즈스인가 도리아판필리(모두 이탈리아에 있는 박물관)에서 보고 좋아했다는 푸른 떡갈나무도 그 속에 있음을 알았다. 북부의 나무들과는 사뭇 다른 종류에 속했다. 생긴 모습도 아주 다르다. 그 나무들은 거의 정원 저 끝쪽에서 좁고 신비스러운 빈터를 뒤덮고 있었고 발 밑에 밟히는 부드러운 잔디 위로 늘어져 있었다. 요정들의 합창을 유혹하면서 말이다.

나는 퐁괴즈마르에서는 그렇듯 깊이 기독교적이던 나의 자연관이 여기서는 나도 모르게 약간 신화적인 것으로 되어가는데 대해 놀랐고 겁이 났다. 그렇지만 갈수록 나의 가슴을 짓누르는 이 공포감도 역시 종교적인 것이다. 나는 '여기 거룩한 숲이 있다'란 말을 중얼거려 본다.

공기는 수정처럼 투명했다. 이상한 침묵이 깃들이고 있었다. 나는 오르페우스(수금의 명수로 하데스를 감동시켰던 그리스 신화의 전설적인 시인)와 아르데미스를 생각하고 있었다. 그때 갑자기 새 한 마리의 노랫소리가 들렸다. 바로 내 곁에서. 그 소리가 하도 감동적이고 맑아서 나는 자연 전체가 그것을 기다리고 있었던 것 같은 생각이 불현듯 들었다. 가슴이 몹시 뛰었다. 나는 잠시 동안 나무에 기대어 있었다. 그리고 아직은 아무도 일어나지 않았지만 곧 그들이 일어나기 전에 들어왔다.

5월 26일

제롬한테서는 여전히 소식이 없었다.

그가 르 아브르에서 내게 편지를 썼다면 그 편지는 내게 다시 돌아올 텐데……. 나는 나의 불안을 이 일기장에 털어놓을 수밖에 없다. 브오에서의 어제 소풍도 사흘 전부터의 기도도 나의 마음을 풀어 주지는 못했다. 에그비브에 돌아온 후 나를 괴롭히는 이상한 우울감에는 아마 다른 이유는 없을 텐데. 그렇지만 그 우울감은 내 마음속 너무 깊은 곳에 자리를 잡고 있는 것같이 느껴졌다. 그 우울감은 오래 전부터 생겼으며, 전에는 자랑으로 생각했던 그 기쁨도 이 우울을 감추고 있는 것에 불과한 것 같은 생각이 지금 든다.

5월 27일

왜 나는 나 자신을 속여야 하는가? 내가 줄리에트의 행복을 기뻐하는 것은 일종의 논리에 의해서이다. 내가 그토록 바랐던 이 행복, 나의 행복을 희생시켜서라도 줄리에트에게 얻어 주고 싶던 그 행복이 쉽사리 얻어지는 것을 보니, 그리고 줄리에트와 내가 그러리라고 상상했던 그것과는 다른 것임을 알게 되니 나는 괴롭다. 그것은 얼마나 복잡한가! 그렇다……. 줄리에트가 자기의 행복을 나의 희생에서가 아니고 다른 곳에서 찾았고, 줄리에트가 행복해지기 위해 나의 희생을 필요로 하지 않았음에 대해 느끼는 극히 이기주의적인 사고방식에서 고민하고 있음을 나는 잘 알 수 있다.

그래서 나는 지금 제롬의 침묵이 내게 얼마나 큰 불안을 가져오는가를 생각하고 있다. 이 희생은 정말로 내 마음속에서 이루어졌던 것인가? 나는 하나님이 내게 그런 희생을 더 이상 요구하지 않는 보잘것없는 여자다. 그럼 나는 희생할 능력이 전혀 없는 것일까?

5월 28일

　내 슬픔의 이러한 분석은 얼마나 위험한가! 나는 벌써 이 일기장에 애착을 느낀다. 이겨낼 수 있을 것이라고 믿어 왔던 겉멋이 여기서 다시 제 권리를 찾은 것일까? 아니다. 이 일기는 나의 영혼이 그 앞에서 단장을 하는 아침의 거울이 되어서는 안 된다. 내가 일기를 쓰는 것은 처음 생각했던 것처럼 무료(無聊) 때문이 아니라 슬픔 때문이다. 슬픔은 일종의 '죄의 상태'이다. 나는 슬픔을 잘 모르지만 미워해 왔고 그 슬픔으로 나의 영혼을 '단순화시키고' 싶었다. 이 일기장은 내 마음속에 행복을 다시 얻는 데 도움이 되어야 한다.

　슬픔은 일종의 혼잡이다. 결코 나의 행복을 분석해 보려고 한 적은 없었다.

　퐁괴즈마르에서도 나는 고독했고 더욱 더 고독했다. 그럼 왜 그 고독을 느끼지 않았던가? 그리고 제롬이 내게 이탈리아에서 편지를 썼을 때 나는 그가 나 없이 보고 나 없이 살고 있다는 것을 받아들였고, 마음속으로 그를 따라갔으며 그의 기쁨을 나의 기쁨으로 삼았던 것이다. 나는 지금 나도 모르게 제롬을 부르고 있다. 제롬이 없이 새로 보는 모든 것은 나를 성가시게 한다.

6월 10일

　시작한 지 얼마 되지 않는 이 일기가 오랫동안 중단되었다. 아기 리즈가 탄생했다. 줄리에트 옆에서 오랫동안 밤을 새웠다. 제롬에게라면 쓸 수 있는 이 모든 것을 여기에다 쓸 흥미는 도무지 없다. 많은 여자들에게 공통되는 '너무 많이 쓴다'라는 참을 수 없는 결점을 피하고 싶다. 이 일기장을 자기 완성의 도구로 보아야 할 것이다.

이 뒤에는 독서하면서 적어 둔 일기장의 여러 페이지와 인용 구절 등이 붙어 있었다. 그러고는 다시 퐁괴즈마르에서 쓴 날짜로.

7월 16일

줄리에트는 행복하다. 자신도 그렇게 말하고 행복한 것처럼 보인다. 그 행복을 의심할 권리도 이유도 내게는 없다. 그런데도 지금 줄리에트 곁에서 느끼는 이 불만과 불안은 어디에서 오는 것일까? 어쩌면 그것은, 이 행복이 너무 실제적이고 너무 손쉽게 얻어졌고 너무 완전히 치수에 맞추어져, 마치 그 행복이 영혼을 졸라매고 숨막히게 하는 것인지도 모른다는 생각 때문일 것이다.

그래서 나는 지금 내가 바라는 것이 바로 그 행복 자체인지 아니면 오히려 행복을 지향하는 전진인지를 생각해 본다. 오, 주여! 너무 빨리 얻을 수 있는 행복으로부터 저를 지켜 주소서! 저의 행복을 주님 곁에 갈 때까지 늦추고 물리칠 수 있도록 제게 가르쳐 주소서.

계속해서 여러 페이지가 찢어지고 없었다. 아마 그 페이지들은 르 아브르에서 슬픈 해후에 관련된 것들일 것이다. 일기는 다음 해에 가서야 다시 시작되고 있었다. 날짜는 없다. 그렇지만 내가 퐁괴즈마르에 체류하는 동안 쓴 것이 분명하다.

가끔 그가 말하는 것을 듣고 있으면 나는 생각하고 있는 나 자신을 바라보고 있는 것처럼 여겨진다. 그는 나에게 설명하고 나 자신을 발견하게 한다. 그가 없이 나는 존재할 수 있을까? 나는 그와 함께민이 존재한다.

때로는 그에 대해 느끼는 감정이 사람들이 말하는 바로 그 사랑인가 하고 나는 망설이게 된다. 사람들이 일반적으로 묘사하는 사랑의 모습과 내가 묘사하는 것은 약간의 차이가 있다. 사람에 대해서는 아무 말도 하지 않았으면 좋겠다. 그리고 내가 그를 사랑하고 있음을 깨닫지 않고 그를 사랑하고 싶다. 특히 그도 그 사실을 모르게 내가 그를 사랑하고 싶다.

제롬 없이, 사는 데 필요한 모든 것 중 아무것도 이제는 내게 아무런 기쁨도 주지 않는다. 나의 덕행 전체가 그의 마음에 들기 위한 것이다. 그렇지만 그 곁에서는 나의 덕행도 무력해짐을 느낀다.

나는 피아노 연습이 좋았다. 날마다 조금씩 피아노 솜씨가 발전하는 것처럼 생각되기 때문이다. 물론 모국어보다 어떤 외국어가 더 좋다거나, 아니면 내가 좋아하는 우리

나라 작가들이 외국 작가들만 못하다는 말이 아니라—의미
가 감정을 추구할 때 약간 어렵긴 하나, 그 어려움을 극복
해 갈수록 더 잘 극복하는 무의식적인 자랑스러움이, 정신
적인 기쁨에다 자신도 알 수 없는 영혼의 만족감을 부여하
기 때문이다. 그 영혼의 만족감은 내게는 없는 것처럼 여
겨진다. 제아무리 행복하다 해도 나는 진보 없는 상태는
바랄 수 없다. 천상의 기쁨이라는 것도 하나님과의 일치가
아니라 끝없이 계속되는 일종의 접근과 같이 나는 생각된
다. 이리하여 내가 만일 말장난을 하는 것이 두렵게 생각
되지 않는다면 나는 '진보적'이 아닌 기쁨은 경멸한다고 말
할 수 있을 것이다.

오늘 아침 우리는 한길 벤치 위에 단둘이 앉아 있었다.
아무 말도 하지 않은 채, 말할 필요도 느끼지 않은 채로…
…. 갑자기 그는 내게 후세를 믿느냐고 물었다.

"그렇지만 제롬, 그것이 내게는 희망 이상의 것이야. 그
건 하나의 확신이야."

하고 나는 당장 외쳤다. 그러자 갑자기 나의 신앙 자체가
이 외침 속에 텅 비어 버린 것 같았다.

"내가 알고 싶은 건!"

하고 그는 덧붙였다.

그러고는 잠시 말을 끊었다가 이어 말했다.

"그 믿음이 없다면 알리사는 다르게 행동할 것 같아?"

"그걸 내가 어떻게 알아?"

하고 나는 대답했다. 그리고 덧붙였다.

"하지만 너 자신도 너도 모르게 말야. 제롬, 가장 열렬

한 신앙에 의해 힘을 얻으면, 너는 달리 행동하려야 할 수 없을 거야. 그리고 그렇지 않으면 나는 너를 좋아하지 않을 거야."

아니야, 제롬, 아니야. 우리가 덕행을 향해 무엇인가 노력하는 것은 미래의 보수를 바라서가 아니다. 또한 우리가 사랑을 추구하는 것도 보수를 바라서가 아니다. 고통에 대한 대가를 바라는 것은 선천적으로 착한 영혼에게 상처를 주는 것이다. 덕행은 그 영혼을 장식하는 일종의 장식물이 아니라, 영혼의 아름다운 형태다.

아빠의 건강이 나빠지셨다. 심각한 병세가 아니길 바라지만 3일 전부터 우유밖에 들지 않으신다. 어제 저녁에 제롬이 막 자기 방으로 올라갔을 때였다. 나와 함께 밤늦도록 주무시지 않고 있던 아빠가 잠깐 나만을 남겨 두고 나가셨다. 나는 소파에 앉아 있었다. 나도 모르게 등잔 갓이 내 눈과 상반신을 불빛에서 가려 주고 있었다. 그래서 나는 내 발끝을 무심히 바라보고 있었다. 발은 내 옷에서 조금 빠져나와 램프 불빛을 받고 있었던 것이다. 아빠는 들어올 때 잠시 동안 문 앞에 서서, 기쁜 것도 같고 슬픈 것도 같은 이상한 표정으로 나를 지켜보고 계셨다. 어쩐지 부끄러워 나는 일어났다. 그때 아빠는 내게 손짓을 하셨다.

"이리 와 내 곁에 앉아라."

하고 아빠는 말했다. 그러고는 벌써 밤이 늦었는데도 아빠는 어머니 이야기를 시작했다. 그것은 두 분이 헤어진 후로 통 하시지 않았던 이야기였다. 아빠는 내게, 어떻게 어머니와 결혼했으며, 아빠가 얼마나 어머니를 사랑했는지,

그리고 처음에 어머니가 아빠에게 어떻게 했는지를 얘기하는 것이었다.

"아빠, 그 얘길 저에게 해주신 이유를, 그것도 하필이면 왜 오늘 저녁에 그 얘길 제게 하시게 된 건지 말씀해 주세요." 하고 나는 마침내 물었다.

"왜냐하면 말이다. 조금 전에 내가 살롱으로 들어서서 너를 보았을 때, 네가 소파 위에 드러누워 있는 것을 보니 잠깐 너의 엄마를 다시 보는 것 같은 생각이 들었거든."

그렇게 내가 캐물었던 것은 바로 그날 저녁에 제롬이 내 뒤에 서서, 내 어깨 너머로 안락의자에 기대고 내게 몸을 기울여 책을 읽고 있었기 때문이다. 나는 그를 볼 수는 없었지만, 그의 숨결을 느꼈고 그의 몸의 열기와 전율까지도 느꼈다. 나는 계속 책을 읽는 체하였으나 더 이상 읽을 수가 없었다. 글씨의 줄도 구별할 수가 없었다. 너무나 야릇한 심적 혼란이 나를 엄습하였기 때문에 나는 얼른 의자에서 일어났다. 나는 아직은 그렇게 할 수 있다. 나는 다행히도 잠시 동안 그가 아무런 눈치도 채지 못하게 방에서 떠날 수가 있었다. 하지만 그때였다. 잠시 후 살롱에 혼자 남아서, 내가 소파 위에 누워 있는 것을 보고 아빠가 내가 엄마를 닮았다고 새삼 느끼신 바로 그때, 나도 엄마를 생각하고 있었던 것이다.

이날 밤 나는 일종의 후회처럼 마음속에 솟구치는 지난 날 생각에 사로잡혔으며, 불안하고 답답하고 처량한 생각이 들어서 잠을 설치고 말았다. 주여, 악의 모습을 띤 모든 것에 대하여 공포를 느끼도록 제게 가르쳐 주소서.

　가엾은 제롬! 만일 그가 가끔 손 한 번 까닥하기만 해도 되었고, 때로는 그러한 행동을 내가 기다리고 있다는 것을 알고 있다면……

　내가 어렸을 때 예뻐지기를 바랐다면 그것은 바로 제롬 때문이었다. 지금 나는 단지 그를 위해서 '완성을 향해' 노력하는 것 같다. 그런데도 이 완성은 그가 없어야만 도달할 수 있는 것이라니……. 오! 하나님! 그것은 당신의 가르침 중에서 가장 저의 영혼을 당황하게 하는 것입니다.

　덕행이 사랑과 혼연일치가 된 영혼은 얼마나 행복할 것인가! 때때로 나는 사랑한다는 것, 힘껏 그리고 더욱더 영원히 사랑한다는 것말고 다른 덕행이 있을 수 있는지 의심해 보곤 한다. 하지만 어떤 때는 슬프게도 덕행이 내게는 사랑에 대한 임종의 저항으로밖에는 보이지 않는다. 뭐야! 내 마음의 가장 자연스러운 애정을 감히 덕행이라 부르다니. 오 매력적인 궤변이여! 그럴 듯한 유혹이여! 엉큼한 행복의 환상이여!

　나는 오늘 아침 라브뤼예르(17세기에 《성격론》을 쓴 작가)의 작품 속에서 이런 말을 읽었다. '인생 행로에는, 금지되어 있긴 하나 적어도 허락되었으면 하고 바라는 것이 자연스러워 보일 만큼, 귀중한 쾌락과 다정한 약속들이 가끔 있는 법이다. 이토록 큰 매혹은 덕행의 힘으로 그것을 단념할 줄 아는 사람에 의해서밖에는 극복될 수 없다.'

　도대체 나는 여기서 왜 이런 자기 변명을 생각해 낸 것일까? 사랑의 매혹보다는 더 강하고 더 달콤한 매혹이 남몰래 나를 이끌고 있다는 것일까? 오! 사랑의 힘으로 우리의 두 영혼을 사랑 저 너머로 동시에 끌고 갈 수 있었으면!

아! 이제 나는 너무나 그것을 잘 알겠다. 하나님과 제롬 사이에는 나 자신이라는 장애물밖에는 없다는 것을 나는 잘 알겠다. 아마도 제롬이 내게 말했듯이, 나에 대한 그의 사랑이 처음에는 그를 하나님 쪽으로 기울어지게 했을지 모른다. 그러나 지금은 이 사랑이 그것을 방해한다. 그래서 나는 내 앞에서 머뭇거리며 나를 더 좋아하게 되었다. 그리고 나는 그가 덕행을 향해 더욱더 나아가는 것을 막아 주는 우상이 되었던 것이다. 두 사람 중 하나는 거기까지 도달해야 한다. 그리고 비겁한 내 마음으로는 사랑을 극복할 도리가 없다. 하나님, 모쪼록 저를 사랑하지 않도록 그에게 가르쳐 줄 수 있는 힘을 저에게 허락하여 주소서. 그러면 저의 덕행 대신, 저는 그보다 한없이 훌륭한 그의 덕행을 당신에게 바치겠습니다. 저의 영혼이 오늘날 그를 잃고 흐느껴 울더라도, 그것은 나중에 '당신' 속에서 그를 다시 찾아내기 위한 것이 아니겠습니까?

오, 하나님! 말해 주십시오. 어떤 영혼이 더욱더 주님께 가치가 있습니까? 그는 저를 사랑하는 것보다는 더 훌륭한 일을 하기 위해 태어난 것이 아닐까요? 그가 제 자신으로 만족해 버린다면, 그만큼 제가 그를 사랑하게 될까요? 영웅적인 모든 것이 행복 속에서는 얼마나 위축되어 버리는지 모릅니다.

일요일

하나님이 우리를 위해 더 좋은 것을 예비하셨도다(히브리서 11장 40절).

5월 3일

　행복은 거기 무척 가까이 있다. 행복을 원한다면…….
손만 내밀면 된다고 말하려는 듯이 오늘 아침 그와 함께
이야기하면서 나는 희생을 했다.

얼요일 저녁

　그는 내일이면 떠난다.

　사랑하는 제롬! 나는 너를 언제나 무한한 애정으로 사랑
하고 있다. 그렇지만 다시는 그 말을 너에게 할 수가 없을
거야. 내 스스로 내 눈과 영혼에 가하는 구속이 하도 가혹
해서, 너와 헤어지는 것이 내게는 오히려 해방이 되고 쓰
라린 만족이 될 정도야.

　나는 이성을 가지고 행동하려 애쓰지만, 막상 행동하려
는 순간에 나를 행동하게 한 이성이 도망가 버리거나, 아
니면 어리석기 짝이 없어 보인다. 더 이상 그것들을 믿을
수 없게 되고 만다.

　이성이 나로 하여금 그를 피하게 만드는가? 나는 그렇
게 믿지 않는다. 그렇지만 나는 슬퍼하면서 그를 피한다.
왜 피하는지도 모르면서 말이다.

　주여! 제롬과 제가 다 같이 함께 서로 의지하며 당신 앞
으로 나아가게 해주소서. 때때로 한 사람이 "이봐, 피곤하
면 내게 기대." 하면, 다른 사람이 "내 곁에 네가 있다고

생각하니 그것으로 나는 충분해." 하고 대답하는 순례자처
럼, 긴 인생 항로를 걸어가게 해주소서. 아닙니다! 주여,
당신이 우리에게 가르쳐 주신 길은 좁은 길입니다.

7월 4일

　벌써 일기장을 펴보지 않은 지가 6주일도 넘는다. 지난
달에 몇 페이지를 읽으면서, 나는 잘 쓰겠다는 엉뚱하고
가증스런 생각이 거기에 씌어 있는 것이 갑자기 눈에 띄었
다…… 그건 역시 제롬의 탓이지만 말이다.

　제롬 없이 살아가는 데 도움이 되기 위해 시작했던 이
일기장에서도 여전히 계속 그에 대하여 쓰고 있는 것처럼
생각되다니……

　잘 썼다고 생각되는 페이지를 모조리 찢어 버렸다(그것
이 무엇을 뜻하는지 나는 잘 알고 있다). 사실 제롬에 관
한 것은 모조리 찢어 버렸어야 했다. 다 찢어야만 했다. 그
렇지만 찢을 수가 없었다.

　그러나 이미 몇 페이지를 찢어 버리고서야 나는 조금 자
부심을 느꼈다. 내 마음이 이토록 병들지 않았더라면 그러
한 자부심은 웃어넘길 수 있었으리라.

　정말 무슨 공이라도 세운 것 같다. 찢어 버려 없앴다는
것이 무슨 대단한 일인 것처럼!

7월 6일

　나는 책들을 치워 버려야만 했다. 이 책 저 책에서 제롬
을 피해 보려고 하였지만 그를 다시 발견하고 만다. 제롬

없이 내가 펼치는 페이지에서도 내게 그 책을 읽어 주는 제롬의 목소리를 듣는다. 제롬에게 흥미를 주는 것에만 나도 흥미가 있고, 내 생각은 그의 생각과 같은 형태를 취해 버린다. 내가 두 사람의 생각을 혼동하길 좋아하던 때보다도 더 혼동할 정도로 같은 형태를 취해 버린다.

때로는 제롬의 문장의 리듬에서 벗어나기 위해서 짐짓 서투르게 쓰려고 노력했다. 그렇지만 제롬에게 대항하려는 것조차, 아직도 그에게 사로잡혀 있는 것이 된다. 당분간 성서(아마 준주성범(遵主聖範)도 역시)만을 읽기로 결심했다. 그리고 이 일기장에는 읽어 가면서 눈에 띄는 구절만 기록해 두기로 결심했다.

이 다음에는 일종의 '일용할 양식'이 계속 씌어 있고, 7월 1일부터 매일 날짜 다음에 성서의 구절이 덧붙여 씌어 있었다.

나는 여기에 어떤 주석이 달려 있는 것만을 옮겨 쓴다.

7월 20일

'네가 가진 것을 다 팔아 그것을 가난한 자들에게 주라.' (누가복음 18장 22절) 나는 제롬을 위해서만 있는 이 마음을 가난한 자들에게 주어야 한다는 것을 알고 있다. 그리고 그와 동시에 그에게 그렇게 하도록 가르쳐 줘야 하지 않겠는가? 주여, 그 용기를 주소서.

7월 24일

≪마음의 위안≫을 읽는 것을 그만두었다. 그 고어 서적이 나에게 무척 재미있었지만 내 마음을 즐겁게 해줄 뿐, 내가 거기서 느낀 이교적인 기쁨은 내가 찾아내려는 가르침과는 아무 상관이 없었다.

다시 준주성범을 펴봤다. 그 책은 내가 이해하기 너무 어려운 라틴어 원문으로 된 것은 아니다. 내가 지금 읽고 있는 번역서에는 서명이 없어 마음에 든다. 물론 프로테스탄트의 책임에 틀림없지만, '모든 그리스도 교파에 적합한' 것이라고 표제가 되어 있다.

'오! 그대가 완덕(完德) 속으로 나아갈 때, 얼마나 큰 평화를 스스로 얻을 수 있고 얼마나 큰 기쁨을 타인에게 줄 수 있는가를 안다면, 그대는 더욱더 많은 관심을 가지고 그 일에 노력하게 될 것이 확실하다.'

8월 16일

하나님, 제가 '당신'을 향해 어린애 같은 신심(信心)과 천사 같은 초인간적인 목소리로 호소할 때…….

그 모든 것이 제롬한테서 온 것이 아니라 당신으로부터 온 것임을 저는 압니다. 그러나 어찌하여 '당신'은 '당신'과 나 사이에 그의 모습을 도처에 새겨 주고 있습니까?

8월 14일

이 일을 성취하는 데 앞으로 두 달 남짓 걸리리라…….
오, 주여, 저를 도우소서!

8월 20일

희생이 내 마음속에서 다 소모되지 않았음을 하나님, 제
롬만이 저에게 주던 그 기쁨을 앞으로는 '당신'만이 주시도
록 하시옵소서.

8월 28일

얼마나 시시하고 보잘것없는 덕행에 나는 도달한 것일
까! 그렇다면 내가 너무 내 자신에게 지나치게 요구하는
것일까? 더이상 이 일에 괴로워하지 말자.

언제나 하나님의 힘만을 비는 것은 얼마나 비겁한 짓인
가! 지금 나의 기도는 모두 울음소리다.

8월 29일

'들에 핀 백합을 보라…….' (누가복음 12장 27절)

아주 단순한 이 구절이 오늘 아침 나로 하여금 무엇도
풀 수 없는 슬픔 속에 잠기게 했다. 나는 들로 나갔다. 나
도 모르게 자꾸만 되풀이한 이 구절이 내 마음과 눈을 눈
물로 그득 채우고 있었다. 나는 농부가 쟁기 위에 목을 숙
이고 밭을 갈고 있는 넓고 텅 빈 들판을 바라보고 있었다.
'들에 핀 백합.' 그런데 주여, 그 백합은 어디에 있습니까?

9월 16일, 밤 10시

나는 제롬을 다시 만났다. 제롬은 같은 지붕 밑에 와 있
는 것이다. 나는 잔디밭 위의 그의 창문에서 새어나오는
불빛을 본다. 내가 이 글을 쓰고 있는 동안 제롬도 깨어

있을 것이다. 그리고 어쩌면 제롬도 나를 생각하고 있는지 모른다. 제롬은 변하지 않았다. 제롬도 그 말을 했고 나도 그렇게 느꼈다. 그의 사랑이 나를 단념하도록 이미 결심한 대로의 나를 그에게 보여 줄 수 있을까?

9월 24일

오! 끔찍한 대화였다. 내 마음은 나의 깊숙한 곳으로 정신없이 빠져들어가고 있는데도 그토록 무관심과 냉정을 가장할 수 있었다는 것은! 지금까지 나는 제롬을 피하는 것으로 만족해 왔다. 오늘 아침 나는 하나님이 내게 극복하는 힘을 반드시 주시리라 믿었다. 그리고 늘 싸움을 피하는 것도 비겁하다는 생각이 들었다. 나는 승리를 했단 말인가? 제롬은 나를 덜 사랑한단 말인가? 아! 그것은 내가 바라는 바이지만 동시에 두렵다. 나는 제롬을 지금보다 더 사랑한 적은 없다.

주여, 제롬을 저로부터 구하시기 위해 저의 희생이 필요하시다면 그렇게 하시옵소서! '저의 괴로움을 짊어지기 위해, 당신의 수난으로도 아직 당신에게 남아 있는 괴로움을 견디기 위해서라면, 저의 마음과 영혼 속으로 들어오소서.'

우리는 파스칼에 대해서 이야기했다. 나는 제롬에게 무슨 말을 할 수 있었을까? 이 무슨 부끄럽고 당치도 않는 말을! 이미 그 말들을 해버려 몹시 괴로워했지만, 오늘 저녁 불현듯 나는 그것은 하나님에 대한 일종의 모독처럼 생각되었다. 나는 두툼한 ≪팡세(파스칼의 명상록)≫를 집어 들었다. 우연히도 로아네 양(파스칼의 애인으로 전하는 르아네

공작의 누이동생)에게 보내는 편지의 이 대목이 펼쳐졌다.

'마음이 내켜 끌려갈 때 사람들은 속박을 느끼지 않지만, 버티거나 떨어져서 걸어가려고 하면 고통을 느낀다.'

이 말은 나의 정곡(正鵠)을 찔렀다. 하도 충격적이어서 나는 그만 계속 읽을 힘이 쑥 빠져 버렸다. 하지만 이 책의 다른 곳을 뒤적였다. 그곳에 내가 알지 못하는 근사한 대목이 있길래 베껴 두었다.

여기서 일기장의 첫권이 끝났다. 아마 다음 일기장은 없애 버린 모양이었다. 왜냐하면 알리사가 남긴 서류 중에서 다음 일기는 3년이 지나 역시 퐁괴즈마르에서 9월, 즉 우리의 마지막 해후 조금 전부터 다시 시작되고 있기 때문이다. 다음 문구로 그 마지막 일기장은 시작되고 있다.

9월 17일

하나님, 당신을 사랑하기 위해서 나에게 제롬이 필요함을 당신은 잘 알고 계십니다.

9월 20일

하나님, 제 마음을 당신에게 바치기 위해서만 제게 제롬을 주십시오.

하나님, 단 한 번만이라도 그를 만날 수 있게 해주십시오.

하나님, 제 마음을 당신에게 바칠 것을 맹세합니다. 제

사랑이 당신에게 청하는 것을 허락해 주소서. 그러면 저의
마지막 생명을 당신에게만 바치겠습니다.

하나님, 저의 비열한 기도를 용서해 주소서. 그러나 저
는 제롬의 이름을 제 입술에서 멀리할 수도, 제 마음의 고
통을 잊을 수도 없습니다.

하나님, 저는 당신께 호소합니다. 저를 절망 속에 내버
려 두지 마십시오.

9월 21일

'너희가 내 이름으로 나의 아버지께 구하는 모든 것은…
….'(요한복음 14장 13절)

주여, 당신의 이름으로 저는 감히…… 그러나 제가 비록
저의 기도를 입밖에 내어 말하지 못한다 해서 그 때문에
제 가슴의 이 안타까운 소원을 덜 들어주시겠습니까?

9월 27일

오늘 아침부터 마음이 퍽 안정되었다. 묵상과 기도로 밤
을 거의 보냈다. 문득 어릴 때 내가 상상하던 성령과도 비
슷한 찬란한 마음의 평화 같은 게 나를 감싸 마음속 깊이
스며드는 것을 느꼈다. 이러한 기쁨은 신경 흥분으로 말미
암은 것이 아닌가 두려워 잠을 청했다. 이 행복감이 내게
서 사라지기 전에 곧 잠이 들었다. 그 행복감이 오늘 아침
까지도 고스란히 남아 있다. 지금 나는 제롬이 꼭 오리라
고 확신한다.

9월 30일

　제롬! 나의 벗이여, 나는 너를 여전히 동생이라 부른다. 그러나 나는 너를 동생 이상으로 무한히 사랑한다. 나는 몇 번이나 너도밤나무 숲에서 네 이름을 불렀는지 모른다! …… 저녁마다 해질 무렵이면 채소밭 샛문으로 나가 나는 이미 어둠이 깃들인 가로수 길을 걸어 내려간다. 갑자기 네가 부르는 소리에 대답할 것만 같았다. 혹은 나의 시선이 무심히 닿은 돌담 위에서 네가 불쑥 내 앞에 나올 것 같기도 했다. 혹은 벤치에 앉아 나를 기다리고 있는 너를 멀리서 볼 것만 같았다. 그러나 나의 가슴은 소스라쳐 놀랄 것 같지는 않다. 그러나 반대로 너를 볼 수 없어 나는 놀라는 것이다.

10월 1일

　아직 아무런 일도 없었다. 태양은 비길 데 없이 밝은 하늘 저편으로 사라졌다. 나는 기다리고 있었다. 나는 곧 벤치 위에 제롬과 함께 앉게 될 것으로 생각하고 있었다. 벌써 나는 그의 말을 듣는다. 내 이름을 부르는 그의 목소리가 나는 한없이 좋았다. 그는 여기 앉을 것이다! 이곳에 곧 제롬이 오면, 그럼 나는 그의 손에 내 손을 맡기고 그의 어깨 위에 내 이마를 기대고 그 곁에서 숨을 쉴 것이다. 어제도 나는 그의 편지를 다시 읽으려고 편지 몇 통을 가지고 왔다. 그러나 그의 생각으로 가득해 편지를 보지도 못하고 말았다. 제롬이 좋아하던 자수정 십자가를, 지난 어느 여름날에 그가 떠나지 말았으면 좋을 것 같아 오랫동안 저녁마다 내가 걸고 있던 그 십자가를 가지고 왔다.

그에게 이 십자가를 주고 싶다. 벌써 오래 전부터 나는 이렇게 생각해 왔다. 그가 결혼을 하고 내가 그의 첫딸인 작은 알리사의 대모가 되어 그 애에게 이 십자가를 주는 그런 공상을 했다. 왜 여태 나는 그에게 이 말을 감히 하지 못하는 것일까?

10월 2일

하늘에다 둥지를 지은 새처럼 나의 마음은 오늘 가볍고 즐겁다. 오늘 제롬이 오기로 되어 있다. 나는 그를 느끼고 의식하고 있다. 모든 사람에게 그가 온다는 것을 외치고 싶다. 여기에 그것을 쓸 필요가 있다. 더 이상 나의 기쁨을 감추고 싶지 않다. 그렇게도 항상 멍청하고 나에게 관심도 갖지 않는 로베르까지 그것을 눈치채었다. 로베르의 질문 공세가 나를 당황하게 하였다. 그래서 나는 그 애에게 뭐라고 대답해야 할지를 몰랐다. 저녁까지 어떻게 기다리겠는가?

알 수 없는 투명한 눈가리개가 사방에서 제롬의 모습을 확대시켜 보여 주고, 모든 사람의 광선을 불타는 내 마음의 한 지점으로 집중시킨다.

오! 기다림은 날 지치게 한다.

주여! 잠깐만 제 앞에 행복의 큰 문을 활짝 열어 주소서.

10월 3일

모든 것은 사라져 버렸다. 아! 제롬은 내 팔 사이로 그림자처럼 빠져나갔다. 그가 여기 있었는데! 제롬은 바로 여기 있었다. 지금도 나는 그를 느낀다. 그를 불러도 본다.

내 손, 내 입술은 어둠 속에서 그를 공연히 찾고 있다.

기도할 수도, 잠을 잘 수도 없다. 어둠이 깔린 정원으로 다시 나갔다. 내 방에서도, 집안 어디에서도 불안했던 것이다. 나는 슬픔에 잠겨 그가 등지고 떠난 대문까지 가보았다. 나는 공연한 희망을 가지고 그 문을 다시 열어 보았다. 제롬이 돌아와 있을지도 몰라! 그를 불러 보았다. 나는 어둠 속을 헤매었다. 그리고 그에게 편지를 쓰려고 되돌아왔다. 나는 도저히 나의 이 슬픔을 받아들일 수가 없다.

도대체 무슨 일이 생겼나? 제롬에게 나는 무슨 말을 했나? 무슨 짓을 했을까? 무엇 때문에 그 앞에서는 늘 나의 덕행을 과장하는 것일까? 내 마음 전체가 부인하는 덕행이 어떤 가치가 있단 말인가? 나는 하나님이 내 입술로 하게 한 말을 몰래 부인했던 것이다. 내 마음을 부풀게 했던 모든 것이 한 마디도 나오지 않았다. 제롬! 제롬 곁에 있으면 내 마음이 찢어질 듯 괴롭고, 멀리 있으면 죽을 것만 같은 나의 벗이여, 아까 내가 말했던 모든 것 중에서 내 사랑을 네게 고백한 것 외의 다른 모든 말은 귀담아듣지 말아야 해. 편지를 찢어 버리고 다시 쓰고……. 새벽이다. 눈물에 젖은 희끄무레한 새벽. 내 생각만큼이나 슬픈 새벽……. 농가에서 사람 소리가 들려온다. 잠자던 모든 것이 다시 생기를 띠고 있다. '이제는 일어나라, 때가 왔으니…….'(마태복음 26장 45절)

편지는 부치지 않기로 했다.

10월 5일

저를 빼앗아 간 시기심 많은 하나님, 제 마음도 빼앗아

가소서. 앞으로는 모든 정열이 제 마음에서 사라져 다시는
이 마음을 움직일 수 없습니다. 그러므로 제 자신의 이 보
잘것없는 나머지 여생을 이겨내도록 도와주소서. 이 집도
이 정원도 저의 사랑을 참을 수 없이 설레게 합니다.

저는 당신밖에는 볼 수 없는 곳으로 도망가고 싶습니다.

당신은 제가 소유한 것들을 가난한 사람들에게 처분하도
록 도와주실 겁니다. 제가 쉽게 팔 수 없는 퐁괴즈마르만은
로베르에게 주는 것을 용서하십시오. 여기 유서를 쓰긴 썼
으나 필요한 서식은 거의 모릅니다. 내가 결심한 심증을 그
가 눈치채고 줄리에트나 로베르에게 알리지나 않을까 두려
워서, 그리고 이제 공증인과 충분히 이야기할 수 없습니다
…… 유언장을 나는 파리에 가서 완성시켜야겠습니다.

10월 10일

여기에 도착했을 때는 너무 피로하여 처음 이틀 동안 누
워 있어야 했다. 말렸는데도 기어코 불러온 의사는 진찰
결과 수술할 필요가 있다고 말한다. 우겨댄들 무슨 소용이
있는가? 그렇지만 나는 수술이 겁이 나며, '얼마간 기운이
생길' 때까지 기다리는 것이 좋겠다고 쉽게 그를 설득시킬
수 있었다.

이름과 주소는 감출 수 있었다. 나는 나를 쉽게 받아 주
고, 하나님이 필요하다고 생각하는 동안만큼 나를 보호해
주기에 넉넉한 돈을 이 요양원 사무실에 맡겼다.

이 방도 내 맘에 든다. 완전한 청결함은 벽의 장식으로
충분했다. 거의 즐거움을 느낄 만큼 기분이 썩 좋아 나도

놀랐다. 그 이유는 지금 나는 생명에 아무런 미련이 없기 때문일 것이다. 지금 나는 하나님만으로 만족해야 한다. 그리고 하나님의 사랑은 온통 차지할 때에만 비로소 진귀한 것이 된다.

나는 성서 이외의 다른 책들은 가져오지 않았다. 그렇지만 오늘은 성서에서 읽는 구절보다도 파스칼의 격렬한 흐느낌이 내 마음을 더 울린다.

'하나님이 아닌 모든 것은 나의 기대를 채울 수 없다.'

또 경솔한 내 마음이 그토록 바라던 너무나 인간적인 기쁨이여……. 주여, 당신이 저를 절망하게 하신 것은 이 부르짖음을 들으려고 하신 겁니까?

10월 12일

당신 나라가 임하소서! 제 마음속에 임하소서! 그리하여 저를 다스리시고, 제 모든 것을 다스리소서. 제 마음을 당신에게 바치는 걸 망설이고 싶지는 않습니다.

마치 몹시 늙어 버린 것처럼 피곤하면서도, 나의 영혼은 언제나 신기하게 어린애 같은 진정함을 간직하고 있습니다. 나는 아직도 젊은 소녀입니다. 방 안이 말끔히 정돈되어 있고 벗은 옷이 침대 머리맡에 가지런히 개어 있지 않으면 잠을 잘 수 없는 그때의 어린 소녀입니다.

그렇게 나는 죽을 준비를 하고 싶습니다.

10월 13일

찢어 버리기 전에 나는 일기를 다시 읽었다. '자신이 느끼는 불안을 떠들어대는 것은 마음이 넓은 사람에게는 어울리지 않는 일이다.' 내 생각에 이 아름다운 말은 클로틸드 드 보(프랑스의 사회학의 거장이며 실증주의 사상가인 오귀스트 콩트의 애인임)가 한 말이다.

이 일기장을 불 속에 던지는 순간 임종의 예감이 나를 사로잡았다. 이 일기장은 이미 내 것이 아니며 그것을 제롬에게서 뺏을 권리가 내게는 없다는 생각이 불현듯 들었다. 그를 위해서 내가 이 일기를 쓰지 않았나 하는 생각도 아울러 들었다. 나의 불안과 의구심도 지금은 보잘것없는 것으로 여겨져 이제는 이 일기장이 대단하게 생각되지 않거니와 제롬이 그것 때문에 괴로워할 것이라는 생가도 들지 않았다. 하나님, 제가 이르지 못해 절망하고 만 완덕의 꼭대기까지, 그를 한사코 밀어 올리길 바라는 이 마음의 서투른 가락을 제롬이 여기서 알아듣게 해주소서.

'하나님, 제가 이르지 못한 저 바위 위로 저를 인도하소서.'(시편 31장 3절)

10월 15일

'기쁨, 기쁨, 기쁨의 눈물들……'(파스칼이 역사적인 가톨릭으로 귀의한 뒤 옷에 박아 가지고 다녔다는 기도문)

인간의 기쁨 위에, 온갖 슬픔 저 너머로, 그렇다. 나는 이 행복한 기쁨을 느낀다. 내가 이르지 못한 이 바위가 행복이라는 이름을 가졌음을 나는 잘 알고 있다. 나는 행복에 이르기 위한 것이 아니라면 나의 모든 생명도 헛된 것임을 안다. 아! 그렇지만 주여, 당신은 체념하고 순수한 영혼에게만 그 행복을 약속하셨습니다. '지금부터 하나님 안에서 죽은 자들은 행복하도다'(요한계시록 14장 13절)라고 당신의 복음 말씀에도 있습니다. 저는 죽을 때까지 기다려야만 합니까?

제 신앙이 흔들리는 것은 바로 이 점입니다. 주여! 저는 전력을 다해 당신을 부릅니다. 저는 암흑 속에 있습니다. 새벽을 기다립니다.

저는 죽을 때까지 당신을 부릅니다. 제 마음을 축이려 임하소서. 그 행복에 나는 심한 갈증을 느끼게 됩니다. 아니면 제가 그 행복을 가졌다고 확신해야 합니까? 그래서 아침을 알리기 위해서 지저귄다기보다는 새벽도 되기 전에 울부짖는 성급한 새처럼 저도 밤이 밝아지기를 기다리지 않고 노력해야만 하는 겁니까?

10월 16일

제롬, 너에게 완전한 기쁨을 가르쳐 주고 싶다.

오늘 아침 심한 구토증에 쓰러졌다. 그 후 나는 몹시 허약해졌음을 느껴 한동안 이대로 죽어 버리길 바랐다. 그러나 천만에. 처음으로 내 전신이 무척 평온하게 되었다. 그러고 나서 고통이 엄습했고, 육체와 영혼의 전율이 나를 사로잡았다. 그것은 마치 내 생애에서 갑자기 생기고 환멸을 느끼게 한 '계시'처럼 생각되었다. 처음으로 내 방의 끔찍스럽게 찢어진 벽들을 보는 것같이 생각되었다. 나는 두려웠다. 지금 이렇게 쓰고 있는 것도 확신을 갖기 위해, 마음을 가라앉히기 위해서이다. 오, 주여! 당신을 모독하지 않고 끝까지 갈 수 있게 하소서.

아직은 일어날 수 있다. 나는 어린아이처럼 무릎을 꿇는다.

내가 얼마나 고독한가를 다시 생각하기 전에 나는 지금 빨리 죽고 싶다.

나는 줄리에트를 작년에 다시 만났다. 알리사의 죽음을 알려 준 줄리에트의 마지막 편지 이후 10년이 흘러갔다. 프로방스 지방을 여행하면서 님에 들를 기회가 생겼다. 그 도시의 번잡한 중심지인 푀세르 가(街)에 있는 테시에르 댁은 외관이 퍽 아름다운 집이었다. 내가 간다는 것을 편지로 미리 알리기는 했지만, 그 문턱을 넘어설 때는 꽤 가슴이 설렜다.

하녀가 나를 살롱으로 안내했다. 그리고 얼마 있다가 줄리에트가 나를 만나러 살롱에 나왔다. 나는 플랑티에 이모를 보는 것 같았다. 걸음걸이도 똑같고 체격도 똑같고 수다스럽게 떠드는 그 인정미도 똑같았다. 줄리에트는 나에게 대뜸 질문 공세를 퍼부어 대면서도 대답은 들을 생각도 하지 않았다. 나의 직업이며 파리에서의 숙소며 내가 하는 일이며 교우 관계 등에 관해서 물었다. 남불에는 무엇하러 왔느냐, 에두아르가 나를 보면 아주 좋아할 텐데 왜 에그비브에는 가지 않았느냐는 등의 질문을 했다. 그러고 나서 줄리에트는 모든 사람들의 소식을 들려주었다. 자기 남편과 자식들과 남동생

이야기, 최근의 포도 수확이며 포도를 헐값으로 판 이
야기들을 늘어놓았다. 나는 로베르가 에그비브에 가서
살려고 퐁괴즈마르의 집을 팔았다는 것을 알았다. 로베
르는 지금 에두아르와 손을 잡았고, 로베르가 밭에 남
아 포도나무를 개량하고 확장을 하는 동안, 에두아르는
여행도 하고 거래면에 전념할 수 있었다.

그러는 동안 나는 불안스럽게 과거를 회상할 수 있는
것을 눈으로 찾고 있었다. 살롱에 있는 새로운 가구들
속에 퐁괴즈마르의 가구 몇 개가 끼여 있는 것이 눈에
띄었다. 그러나 내 마음속에서 전율하고 있는 과거를
줄리에트는 지금은 잊고 있거나, 아니면 그 생각에서
딴 데로 신경을 쏠리게 하려고 애쓰는 것같이 보였다.

열두 살과 열세 살 먹은 두 소년이 층계에서 놀고 있
었다. 줄리에트는 그들을 내게 인사시키려고 불렀다.
아이들 중 맏딸 리즈는 에그비브에 아버지를 따라갔고
열 살 먹은 다른 소년은 곧 산책에서 돌아올 것이라고
말했다. 줄리에트가 알리사의 부고를 알리면서 곧 낳게
될 것이라고 말하던 아이가 바로 그 아이였다. 줄리에
트의 마지막 임신은 고통 없이 끝나지 않았다. 그래서
줄리에트는 해산 후에 오랫동안 고통을 겪은 모양이다.
그리고 또 작년에 기대하던 대로 계집애를 낳았고, 줄
리에트의 말에 의하면 그래도 다른 애들보다 이 애가

제일 귀여운 모양이었다

"그 애가 잠자고 있는 내 방은 바로 옆에 있어. 보러 갈까?"

하고 줄리에트가 말했다. 그래서 내가 줄리에트를 따라가자 말했다.

"제롬! 편지에는 감히 말하지 않았지만……. 이 꼬마의 대부가 되어 주지 않겠어?"

"그래, 네가 좋다면 기꺼이 승낙하지."

나는 약간 놀라 요람을 들여다보며 말했다.

"나의 대녀의 이름은 뭐지?"

"알리사……."

줄리에트는 낮은 목소리로 대답했다.

"그 애는 알리사를 닮았어. 그렇게 보이지 않아?"

나는 대답을 하지 않고 줄리에트의 손을 쥐었다. 엄마가 안아올리자 그 꼬마 알리사는 눈을 떴다. 나는 내 품안에 꼬마를 받아 안았다.

"오빠는 훌륭한 아빠가 될 거야! 뭘 기다리고 있어? 결혼하지 않고……."

하고 줄리에트는 짐짓 웃으면서 말했다.

"모든 것을 다 잊어버리고 나서."

나는 줄리에트가 얼굴을 붉히는 것을 바라보았다.

"곧 잊어버리고 싶어?"

"영원히 잊어버리고 싶지는 않아."

"이리 와봐."

줄리에트는 갑자기 캄캄하고 아주 작은 방으로 나를 떠밀면서 말했다. 그 방의 한쪽 문은 그녀의 방으로 향해 열려 있고 다른 한쪽은 살롱을 향해 열려 있었다.

"잠깐 틈이 날 때면 이 방에 와서 쉬지. 이 집에서 가장 조용한 방이거든. 여기 있으면 생활에서 벗어난 안식처 같은 생각이 들거든."

이 작은 살롱의 창문은 열려 있지 않았다. 다른 방의 창문들처럼 도시의 소음이 나는 쪽을 향해서 있지 않고 나무들이 우거진 안뜰로 향해 있었다.

"자리에 앉아. 내가 알기로는 오빠는 알리사의 추억을 계속 충실히 회상하고 있겠지?"

하고 줄리에트는 안락의자에 주저앉으면서 말했다. 나는 잠시 대답하지 않고 있었다.

"아마 알리사가 나에 대해 품고 있던 생각에 대해서일지도 몰라……. 아냐, 이것은 내 자랑을 하고 있는 게 아냐. 달리 어떻게 할 수가 없었어. 다른 여자와 결혼한다면, 나는 그녀를 사랑하는 척할 수밖에 없을 거야."

"아!"

하고 줄리에트는 아무렇지도 않은 듯이 말하더니 나로부터 얼굴을 돌리면서 무언가 잃어버린 것을 찾는 듯이 밑으로 얼굴을 숙였다.

"그럼, 바랄 수 없는 사랑을 오빠 마음속에 그토록 오랫동안 간직할 수 있다고 생각해?"

"물론이지, 줄리에트."

"그래, 인생이 매일매일 그 위를 지나가도 그렇게 하겠어?"

어둠이 거무스름한 밀물처럼 밀려와, 그 그림자 속에서 되살아나 낮은 목소리로 자기 과거를 이야기하는 것 같이, 물건 하나하나에 달려들어 집어삼키고 있었다. 줄리에트가 가구를 모두 그곳에 갖다 둔 알리사의 방을 나는 다시 보았다. 지금 줄리에트는 얼굴을 내게 향하고 있으나 나는 그 윤곽조차 알아볼 수가 없었다. 그래서 줄리에트가 눈을 감고 있는지 알 수가 없다. 줄리에트는 무척 아름다워 보였다. 우리 두 사람은 잠시 아무 말도 없이 그대로 있었다.

"자! 이제 꿈결에서 깨어나야 해……."

하고 줄리에트가 말했다.

줄리에트가 일어나 앞으로 한 걸음 내딛더니, 힘이 빠져 버린 듯 곁에 있는 의자에 다시 주저앉는 걸 나는 보고 있었다. 줄리에트는 두 손으로 자기 얼굴을 가렸다. 줄리에트는 울고 있는 것이다. 하녀가 등불을 가지고 들어왔다.

편집자 노트

《좁은 문》은 1909년에 처음으로 〈신프랑스 평론〉 제1호에 발표되었다.

장 쉴럼베르제 씨가 다행히도 앙드레 지드의 중요한 교정의 증거인 이 잡지의 교정쇄를 보관하고 있었다. 그런데 작가가 처음에 Ⅷ장(원전에서 139페이지)의 첫머리에 놓았다가 마지막에 삭제하기로 결심했던 다음의 긴 한 페이지가 문제였던 것이다.

발표되지 않은 이 대목은 처음으로 피에르 마자르 씨에 의해 〈신프랑스 평론〉 발간 50주년에 즈음하여 〈피가로 문학지〉 1959년 2월 21일판에 발표되었다.

르메르퀴르 드 프랑스 사는 참고자료로 여기에 그 페이지를 다시 게재하게 해준 데 대해 장 쉴럼베르제 씨에게 감사를 드린다.

나의 이야기는 거의 끝났다. 왜냐하면 내 자신의 생활에 대한 이야기로 나는 무엇을 할 수 있었던가? 왜 나는 새로운 하늘 밑에서 마침내 행복을 찾기 위해 그토록 애썼던 노력을 이야기했을까? 나는 전력을 기울인 만큼 때로는 나의 목적을 갑자기 잊어버려, 여전히 내가 알리사를 향해서만 노력하고 있는 것처럼 보였다. 그러므로 내가 알리사에게 접근하지 못했던 덕행을 나는 잘못 생각하고 있었는지도 모른다. 아! 나는 나의 덕행과 같은 형태로 알리사의 덕행을 만들 수 있단 말인가? 나를 알리사로부터 멀어지게 하기 위해서 결국 나를 돌아서게 했던 것은 바로 덕행과는 어긋나는 것이었다. 그래서 그때 나는 아주 부조리한 혼란 속에 잠겨들었고, 내게서 모든 희망을 지워 버리려는 환상에까지 빠져들었던 것이다. 그러나 버림받은 나의 생각이 항상 거슬러 올라가는 것은 추억의 표면을 향해서였다. 그래서 나는 그 추억 때문에 자제하면서 하루하루 시간을 보낼 수 있었다.

그러고는 또 하나의 무서운 소스라침이 다시 나를 마비 상태에서 벗어나게 해주었다. 나는 정력을 다시 찾았다. 나는 전에는 내 마음속에서 행복이라는 건물을 허물어 버리는 데 정신을 쏟았으나, 지금은 나의 사랑과 믿음을 앗아가는 데 정신을 쏟았다. 나는 괴로웠다.

이 혼돈 속에서 나의 노력은 도대체 무슨 가치가 있단 말인가! 지난날의 사랑처럼 지금은 절망이 나의 생각의 유일한 대상처럼 생각되었다. 그리고 권태가 내 앞에 나타나는 것밖에는 나는 아무것도 느끼지 못했다.

이 이야기가 가증스럽기만 하고, 내 생의 가치가 상실
되었다는 것을 알고 있는 오늘날, 나는 그것이 사랑 때
문인지 아닌지를 회의해 본다. 아니다! 하지만 사랑에
대해 회의한다는 것은…….

옮긴이 약력

경북 금릉에서 출생
한국외국어대학 프랑스어과 동대학원 졸업(문학박사)
파리대학교 벵센대학(문학박사)
한국외국어대학 교수

편 · 저서
≪Je sais lire≫(대학불어교재, 공편)
≪근대 프랑스≫(대학불어교재)

역 서
≪바다의 침묵≫
≪야망의 세계≫(드 골 장군 회고록, 공역)
≪발레리 시선집≫ ≪사색의 노트≫ ≪남방 우편기≫
≪전원교향악≫ ≪부인의 학교≫ ≪어떤 인질에게 보내는 편지≫

좁은 문   〈서문문고 168〉

개정판 인쇄 / 1998년 4월 1일
개정판 발행 / 1998년 4월 5일
지은이 / 앙드레 지드
옮긴이 / 조 규 철
펴낸이 / 최 석 로
펴낸곳 / 서 문 당
주 소 / 서울시 마포구 성산동 103-7호
전 화 / 322-4916~8 팩스 / 322-9154
등록일자 / 1973. 10. 10
등록번호 / 제13-16

초판 발행 / 1975년 2월 5일 * 잘못된 책은 바꾸어 드립니다